光影印象
——欧洲四国新闻摄影札记

◎ 江作苏 著

商务印书馆

2015年·北京

图书在版编目(CIP)数据

光影印象:欧洲四国新闻摄影札记/江作苏著.—北京:商务印书馆,2015
ISBN 978-7-100-10811-9

Ⅰ.①光… Ⅱ.①江… Ⅲ.①游记—作品集—中国—当代②摄影集—中国—现代③欧洲—摄影集 Ⅳ.①I267.4②J421

中国版本图书馆CIP数据核字(2014)第247940号

所有权利保留。
未经许可,不得以任何方式使用。

光影印象
欧洲四国新闻摄影札记
江作苏 著

商 务 印 书 馆 出 版
(北京王府井大街36号 邮政编码100710)
商 务 印 书 馆 发 行
广西大华印刷有限公司印刷
ISBN 978-7-100-10811-9

2015年1月第1版　　开本787×1092　1/16
2015年1月广西第1次印刷　印张 12½
定价:45.00元

前言

　　挎着照相机，放眼蓝色的地中海和爱琴海……

　　这个梦想，从儿时起就久已向往。

　　依偎着地中海、爱琴海和大西洋的欧洲南部，有着许多美丽的国度，这些国家中有希腊、西班牙、葡萄牙和法国等。2013年9月，当我依次踏上这四个国家的土地时，感受到了其独特的民风和历史文化之韵，恐记之不详，因此不断用手中的相机拍摄下大量的图片。回国以后，我举办了"印象南欧——江作苏教授访欧新闻摄影展"，以期把南欧的阳光传递到更多国人心里。

　　展览结束之后，夜静之时，回想行走在希腊、西班牙、葡萄牙大地上的所获，以及两次中转途经花都巴黎的见闻，感到仅用一次摄影展尚不够抒发这次南欧之行的感受。因此，萌发了写作一本书的想法。这本书以摄影札记为文字体裁，配上本人拍摄的近200幅图片。经过多个日夜的伏案写作，现在终于有了呈现在您面前的这本小书。愿图文兼备的《光影印象——欧洲四国新闻摄影札记》像一朵馥郁的小花，带给您南欧的风之韵味、花之氤氲……

目录

Ⅰ. 触摸爱琴海之珠：希腊

走进神圣的雅典卫城　　　　　　002
卫兵的裙子与帽穗　　　　　　　007
目击街头游行　　　　　　　　　011
走访华文报纸《中希时报》　　　013
踏上梦一般的艾依娜岛　　　　　016
探访雅典一家普通医院　　　　　020
一位希腊老人眼里的中国　　　　023
拜访卫城的"爷爷"　　　　　　027
走进雅典的"女人街"　　　　　031
透视支撑希腊经济的旅游　　　　035
东正教的地位　　　　　　　　　039
仿古建筑也成古董　　　　　　　042
挖地11米的奥运主赛场　　　　　045
热爱国旗和国花的希腊人　　　　048
船长让我当了30秒钟舵手　　　　051
能歌善舞的希腊人　　　　　　　056
露天音乐厅和音乐家雅尼　　　　058
中国人在希腊　　　　　　　　　062
随处挖出地下文物　　　　　　　064
环保带来天蓝水碧　　　　　　　068

Ⅱ. 近观地中海之星：西班牙

古老又现代的马德里　　　　　　074
中国人与西班牙议员的对话　　　077
眼见斗牛场的变迁　　　　　　　080
百年持续建设的教堂奇观　　　　084
鬼才建筑师高迪　　　　　　　　088
走近足球豪门皇马　　　　　　　091
哥伦布指向大洋深处　　　　　　093
永远的塞万提斯　　　　　　　　096
正逢马德里申办奥运　　　　　　100
浪漫的西班牙人　　　　　　　　102
在西班牙坐高铁　　　　　　　　104
王宫不属于国王　　　　　　　　107
海鲜饭和生吃火腿　　　　　　　110

马德里的城徽和地标	112
爱花与爱狗	114
报摊和华人报纸	116
黑衣乞者	119
游轮与赌场	121
摩托和自行车优先	123
巴塞罗那的宏大气象	125

Ⅲ. 结识大西洋之子：葡萄牙

远眺大里斯本	130
吉祥的葡式民间彩鸡	133
中葡交流无障碍	135
葡萄牙民间弹唱"Fado"的艺人	137
世界上最窄的电车小巷	139
旅游是葡萄牙的经济支柱	141
各色人种在这里生活	145
葡萄牙人为之骄傲的航海大发现	147
鳕鱼是佐餐的最爱	149

水上飞机跨洋壮举	151
贝伦堡：里斯本城市的象征	155
近识本菲卡足球队	158
总统府的卫兵	160
"1998里斯本世博会"遗产	162
小石块铺路的传统	164
新推出的黄金购房移民政策	167
中资企业走进这里	170
流浪者和乞讨者	172
热爱阳光和大海	174
大教堂和街头小神龛	176

Ⅳ. 感受欧洲门户：巴黎

四通八达的巴黎机场	182
武汉至巴黎的空中之桥	185
"买巴黎"——法国的英文广告	187
香水包装了法国	189
花都充满浪漫之意	191

I

希腊
The Hellenic Republic

触摸爱琴海之珠：希腊

走进神圣的雅典卫城

我努力远眺雅典卫城,那是世界上最神圣的殿堂之一,尽管它早在两千多年前就已残缺。

巨大的台地恰好处于雅典城的中央,台地上高耸的神庙,从城市各个地方都能仰望,足以担当圣洁和凝重的万众之瞩。

在古老的传说中,雅典名字来源于其城市保护神——希腊神话中的智慧女神雅典娜。神话故事里,人们在爱琴海边建立了一座新城,海神波塞冬和智慧女神雅典娜都希望成为新城的守护者。神王宙斯裁定,谁能给人类一件最有用的东西,该城就归谁。雅典娜用长矛一击岩石,石头上就生长出一株枝叶繁茂、果实累累的橄榄树;海神波塞冬用三叉戟敲了敲岩石,从里面跑出了一匹象征战争的战马。象征着和平与丰收的橄榄树赢得了众神和人民的心,最终雅典娜成为了城市的守护神,橄榄树栽满了雅典各处,雅典成为了酷爱和平之城。

雅典,以神之名,铸就了希腊永远的城市以及渴望和平与自由的信念。

雅典市内古迹众多,毫不夸张地说,雅典本身就是一个遗迹。始建于公元前 580 年的雅典卫城与奥林匹亚宙斯神庙等著名古迹一起,积淀了雅典如今十分悠远的历史底蕴。

岁月在人的脸上刻下了印记,却保存了雅典卫城最古老最完整的古典文明的遗迹。被认为是欧洲文明诞生地之一、古希腊文明标志的雅典卫城,每年都吸引着超过 300 万的游人前来参观。

雅典卫城位于市中心的一座石灰岩山岗上,面积约 4 平方公里。卫城一语在希腊语中为"阿克罗波利斯",意思是"建于高处之城"。最初是为防范敌人入侵而建,战乱一旦发生,住在山脚的居民则上山退居城中,因此雅典卫城还具有避难所的功能。

雅典卫城神庙入口

卫城自然的山体使人们只能从西侧登上卫城。卫城东面、南面和北面都是悬崖绝壁，地形十分险峻。

公元前5世纪初期，东方的波斯帝国愈发强大，开始侵犯希腊的一些小城市。公元前480年，波斯军队席卷希腊，攻占雅典卫城，卫城被敌人彻底破坏。战争结束后，雅典人花费了40年时间重建卫城，他们用白色大理石重建卫城的全部建筑群，包括了山门、雅典娜神庙、帕特农神庙、埃雷赫西奥神庙、剧场等。远远望去，这里散发着浓厚的宗教气息和古典韵味，十分庄严气派。

1987年，雅典卫城被联合国教科文组织列为世界文化遗产。我们在这里徜徉之时，看到不少文物工作者在工作，他们工作的节奏非常缓慢，小心翼翼，即使是柱子上的一个砂眼也不会轻易处理。当然，也有大刀阔斧的动作，例如，为方便巨石运送，从山下修建了一条小铁路直通山顶。

卫城中最早的建筑当属雅典娜胜利女神庙。建于公元前5世纪中叶的雅典娜女神庙为典型的柱式建筑，是世界古代七大奇观之一，正面和北面各有四根著名的廊柱，神庙内的女神像双翼被去掉，寓意留住女神每次带给雅典的胜利

果实。

帕特农神庙为卫城建筑中心,乃是供奉保护神雅典娜的圣地,由当时著名的建筑师伊克蒂诺斯在执政官伯里克利的主持下设计,始建于公元前447年,公元前432年完成雕刻,用时16年。神庙是长方形的围柱式建筑,东西方向有16根,南北方向有8根多立克式的大理石柱构成柱廊,柱子高度达10米,被誉为世界上最对称、最具均衡美感的建筑物。原本庙中还立有12米高的全副武装的胜利女神像,那是古希腊雕刻艺术"黄金时代"的代表作品,遗憾的是如今神像原作已经不在。

值得一提的是帕特农神庙在美学方面的造诣,4根角柱比其他石柱略粗,以纠正人们从远处观察所产生的错觉;东西两端的基础和檐部呈翘曲线,以造成视觉上更加宏伟高大的效果,使得神庙整体更加协调、气势宏伟,给人以稳固坚实、典雅庄重的感觉。古希腊建筑师的智慧在神庙上体现得淋漓尽致。

昔日的卫城华美无比,雕刻精美的建筑,传说中神祇聚集的圣地,如今只剩墙石残柱,然而屹立千年不倒的石柱也仿佛向前来参观的人们诉说着一个个历史故事。沉淀在希腊人骨子里的自由与浪漫,淡定与从容,仿佛会跳舞的灵魂,将世事看得通透。他们的祖先在卫城里经历过苦难的洗礼,如今才留存下最平静的精神。夕阳下的石柱,傲然挺立着,保护着他的子民。永远的雅典,奥林匹亚的发源地,以和平与安定赢得了世界的尊重。

我们在神庙的残垣之间盘

飘扬在卫城上空的希腊国旗

雅典神庙立柱千年不倒

桓，这些本来可以擎起巨大屋顶的巨型柱子，已被风雨摧损得它们自己站立都已不易。许多工匠在不停地为这些柱子进行细心保养，以防不虞。一面巨大的蓝底白条希腊国旗飘扬在帕特农神庙上空，它在提示着人们什么，只有希腊人自己才能体会……

卫城吸引来自世界各地的游人

卫兵的裙子与帽穗

希腊只有两家航空公司，一家叫奥林匹亚，另一家叫爱琴海，两家公司都不算太有名。可是，这两家航空公司一年运进希腊的游客，却比希腊全国人口总和还要多。这些游客必到的景点之一，就是国家议会广场，那里风雨无阻地举行非常夸张而又具有希腊历史文化特色的国家仪仗队卫兵换岗仪式。

每到特定的时段，位于希腊议会大厦门前值班的卫兵会进行换岗，如我国天安门广场每天早上的升旗仪式般，吸引了无数来自世界各地的游览者前来观看。不同的是，天安门广场升旗仪式每天只举行一次，而希腊卫兵的换岗仪式却是每小时一次，而且兼具有希腊传统服饰以及历史底蕴的展示。

我看到他们头戴红色的小圆帽，帽子正前方是镶有象征宗教与和平的白色十字架以及橄榄枝的国徽；身着米白色制服，制服下摆是裙子，帽子上长长的黑色流苏从肩膀垂下；下身着白色的紧身裤袜，脚蹬古代风格的紫红色皮鞋，尖尖的鞋尖上还缀着一只黑色的大绒球。与雅典无名战士纪念碑前站岗的皇家卫兵身着独立战争时期山区战士服饰一样，希腊议会大厦前的卫兵装束也是民族传统服饰。能成为一名皇家卫队卫兵，是每一个希腊年轻人的梦想。

在漫漫的历史长河里，希腊一直以卫兵的着装方式来提醒着自己的国民，勿忘被外族土耳其统治的400多年，勿忘先人为国家独立付出的宝贵生命。卫兵身着独特的装束，扛着长枪，迈着正步，每一步都抬腿到与腰平齐，鞋底钉有铁掌，走起来十分夸张，而且声音铿锵。这俨然成为希腊人特殊的纪念方式，也成了希腊著名的人文景观之一。

希腊卫兵的服饰具有象征意义，这与希腊历史上被土耳其长期统治的背景有着极大的渊源。

从公元15世纪开始，希腊就沦为奥斯曼土耳其帝国的附属地。19世纪初，

希腊民族解放呼声越来越响,终于在 1821 年的 3 月,希腊一个秘密团体"友谊社"发动了起义运动,到 3 月 25 日,希腊各地人民奋起响应,纷纷爆发大规模的起义运动。在民族独立精神的鼓舞和信念的支持下,起义军力量越来越大,到 10 月 5 日,起义军便攻占了伯罗奔尼撒的首府——特里波利斯。1822 年,起义军召开了希腊第一届国会,宣布希腊独立。1823 年到 1825 年,起义军之间发生矛盾和冲突,内讧现象严重,这大大削弱了起义军的力量。于是在 1825 年 2 月,土耳其帝国附属国的埃及派遣 9 万军队在伯罗奔尼撒半岛南端登陆,双方发生激烈血战,起义军伤亡惨重。1826 年 6 月,雅典沦陷,希腊的大部分国土也难逃厄运,起义军存亡危在旦夕。在这千钧一发之际,英、法、俄三国为争夺对希腊的控制权,纷纷出面干涉,要求土耳其、埃及撤军,在遭到拒绝后,三国派出联合舰队"教训"不听话的土、埃两国,在摧毁两国舰队后,法国出兵占领伯罗奔尼撒,埃及被迫撤军。1828 年到 1829 年,希腊起义军利用土耳其正置身于俄土战争无法分身的有利时机,解放了国家大片领土,希腊终于等到了真正独立的日子,1830 年 4 月 22 日,希腊正式宣布脱离土耳其,成为独立的国家。

从被土耳其统治开始,希腊整整经历了四个多世纪的艰苦岁月,直到 20 世纪末期,希腊仍与土耳其在爱琴海诸岛以及塞浦路斯的领土问题上存在争端,加之宗教信仰及民族文化背景的不同,希腊始终与土耳其冲突不断,受欺凌的屈辱与愤懑永远铭刻在一代又一代人的血液里,我们不难发现,议会卫兵的服装具有纪念希腊反抗土耳其统治、获得民族自由和解放的内涵。

卫兵身穿的百褶裙,每一个褶子都代表着被统治的若干年,密密麻麻的褶皱象征着屈辱的过去,教后人永世不忘。而卫兵帽侧那长而密的流苏,则象征着希腊人在外族统治下流不尽的痛苦眼泪。当我们这些不了解历史的人,对这些不合寻常式样的军服哂笑时,却不知这里面有那么多特殊的历史含义和民族情感。

从 1824 年希腊爆发反土耳其奥斯曼帝国统治的武装起义开始,到 1875 年希腊引入议会制度,这其中的 51 年时间,希腊经历了君主立宪制和君主共和制两个政体。每一次政权的更迭意味着战争与牺牲,希腊在反抗土耳其的统治、争取民族独立的过程中付出了无数鲜活的生命。

身着民族服装的希腊议会卫兵

卫兵换岗引人瞩目

希腊宪兵

希腊现行宪法规定立法权属议会和总统，行政权属总理，司法权由法院行使，总统是立法、行政和司法机构的协调人。议会选举下届总统；议会表决国家财政预算，对政府实施监督，后者必须取得议会的信任支持，政府在信任案投票中无法获得绝对多数即宣告下台；议会还行使部分准司法职能。在希腊，公民的民主参与权开放、自由。

议会广场卫兵非常和善，不论何方的游人站在其身边拍照，他们都不会拒绝。但是，任何人都不准触碰卫兵的身体或枪械，那被看作是冒犯。一旦误碰，他会把枪托轻提起一拳高度后，砸落到地上，发出清脆的警告声响。

那是一个民族的警惕，声音虽然轻，但绝不可轻视。

议会广场上的鸽子

目击街头游行

我在希腊遇到了街头游行。

欧债危机首先从希腊开始,民众的不满带来政治的动荡。在西方国家,民众手举旗帜,一群队伍浩浩荡荡进行游行示威的情景并不少见。在以自由为精神灵魂的希腊,游行队伍经常走上街头,向政府发出呼吁,表达自己的愿望和诉求。

我看到的这次雅典街头游行,规模不大,队伍举出的旗帜十分鲜明地表现主题:改善经济收入。虽然有警察与记者在旁边陪护,但他们并不忌讳。刻在希腊人骨子里的自由与民主精神,造就了希腊人不吐不快的个性。一旦对政府政策产生不满,希腊民众就会走上街头,表达自己的意见和建议。一般来说,从政府派出警察、媒体派出记者陪护这点,可以窥探出希腊政府对于民众言论的态度。

这种言论自由也曾导致大规模游行的诞生。

2011年2月,超过十万希腊民众聚集在首都雅典,抗议政府为降低赤字,大量削减财政支出、减少人们的退休金和工资收入、上调税率和退休年龄、放宽私营企业解雇员工限制的举措。

2009年,希腊爆发严重的债务危机,其在国际金融市场融资成本飙升。为了救助陷入严重主权债务危机的希腊,欧盟和国际货币基金组织在2010年5月决定,联合向希腊提供1100亿欧元贷款救助。为了偿还巨额债务,希腊政府随后对退休金制度、税收制度以及公共行政体系进行了大规模改革,大幅削减开支。此举遭到了民众的抗议。

2012年5月,希腊人纷纷到银行去提领存款,银行出现挤兑现象。

2001年,希腊申请加入欧盟。根据欧盟的规定,欧洲各国在加入欧元区时

雅典街头的游行队伍　　　　　　　　　　希腊警察和记者陪送游行队伍

必须达到"财政赤字占 GDP 的比例不超过 3%、公共债务在 GDP 中的比例不高于 60%"的要求。希腊的这两个指标远远超出了欧盟国家的要求。希腊政府请美国高盛公司利用当时欧盟财务规定上的漏洞，进行了巧妙掩饰，虽然顺利加入了欧元区，却为日后的财政危机埋下隐患。

希腊债务危机的根本原因，是该国经济竞争力较弱，经济发展水平在欧元区国家中较低，经济主要靠旅游业支撑。金融危机爆发后，世界各国出游人数大幅减少，对希腊造成很大冲击。此外，希腊出口少进口多，在欧元区内长期存在贸易逆差，导致资金外流，从而举债度日。

我在希腊时，遇上一件全国为之争执的事。由于希腊的国家公务员和公营企业员工过多，造成财政负担过重。因此，欧盟在救援希腊时提出的条件之一就是裁员。2012 年，希腊政府决定把国家电视台出售，改为民营。此举遭到上万名国家电视台员工的抵制，反对党也借机倒阁，民众更是看法不一，形成舆论的对抗。

由于国际评级机构标准普尔将希腊的主权信贷评级下调，大大影响了希腊股市和国际借贷。作为欧盟成员国之一，希腊债务危机波及欧盟其他国家，根据全球投资者避险偏好，欧洲债务危机也体现出来了。

希腊政府债务危机有着十分严重的后果。股市下挫、信贷风险影响一国经济，然而在全球化浪潮下，一个国家的经济危机导致一个区域经济危机爆发，甚至导致全球经济危机爆发的先例并不是没有出现过,因此希腊的债务危机让欧盟国家感到紧张,并积极提出应对办法。

欧盟国家在积极应对希腊政府债务危机,希腊自身在想方设法缓解债务危机,外界援助也是必要的,中国在此次欧债危机中也发挥了积极作用。我们在希腊期间,看到中国的海运公司中远集团已经买下了希腊最大的货运码头。这对被爱琴海分割成千个岛屿的希腊来说,是一件影响非常大的事。因为在希腊,航海是比公路与铁路更为重要的运输方式。希腊人是海的儿子,希腊神话也是海洋孕育的文化,东方人来到希腊经营海运,对他们来说,是一件前所未有的事。

走访华文报纸《中希时报》

我们要去访问的中文报纸,因为休假而休刊多日。9月初,希腊人度完长长的夏日假期,刚回到工作岗位。全希腊都还沉浸在一股慵懒的假日综合征气氛中。希腊人是世界上最为浪漫和休闲的民族之一,赚一个钱敢花十个钱,一辈子要活出两辈子的享受。

我们去走访的是希腊最大的华文报纸《中希时报》。与报纸发行人吴海龙先生初次相见,寒暄之后,得知他竟是半个湖北老乡。原来,吴先生是浙江人,来希腊之前,在武汉著名的大兴路皮鞋一条街上打拼过多年。他说,见到你们好高兴,不由想起了当年在武汉最爱的标准"过早":一碗热干面加一碗米酒!他说,武汉人豪爽,有若干患难中帮助过他的朋友,有机会一定要再去武汉!

彩色印刷的《中希时报》

21世纪初,随着希腊门户的敞开,大量华人涌入希腊做生意。在这之前,希腊华人寥若晨星。随后,不少中国留学生也陆续来到希腊,随着留学生人数的增多,希腊华人队伍逐渐扩大。华商中又以浙江人、福建人居多,这样就聚集成了希腊的华人团体。华人聚集后,人员的增多和地域的扩大给华侨间的信息交流带来了实际的困难,这就产生了华侨间信息交流的原始愿望。

由于大多数希腊华人发展时日较短,文化之间存在着差异,并且生活范围较小,娱乐休闲方式较单一,所以报刊和可读性文字这类精神食粮就显得尤为重要。另一方面,在政策多变的希腊,华商们也期待能有一份华文报纸专门搜集希腊的一些商业、法律信息,提供给自己阅读并进行参考,减少不必要的麻烦。

各种主客观因素,都在酝酿着一份报纸的诞生。2005年1月,《中希时报》的前身《南欧时报》经过三个月的筹划和准备,在希腊税务、新闻以及外交部门和中国驻希腊大使馆协助下正式注册发行。

2005年4月,《南欧时报》改名为《中希时报》。此后,《中希时报》凭借"植根异土、善传生机"的办报宗旨,凭借客观、深度、准确、时效的新闻和及时的媒介传播,为希腊乃至巴尔干半岛国家和地区的华侨华人交流与发展架起一座沟通的桥梁。

目前报纸发行量约3000份/周,每周8开24—48版,希腊当地各类新闻占6—10版,报纸零售价1.5欧元。

目前,《中希时报》是希腊以及南巴尔干半岛国家和地区首份,也是唯一

中希时报社长吴海龙先生会见来访的朱忠华教授(左)和江作苏教授(右)

《中希时报》就在这座"中国城"里

的华文媒体报纸。在2008年北京奥运会的奥运圣火传递仪式上，《中希时报》报道了奥运圣火在希腊奥林匹亚古遗址点燃的神圣瞬间，同时采集了大量的文字稿和图片稿。报社社长吴海龙先生还成为海外华侨华人第一名火炬手，在将圣火接过的同时，吴海龙先生也扮演了希腊和中国友好文化交流的使者，他带领的《中希时报》在希腊人眼中，已成为了成熟中国社区的一个标志，也成了在希腊的华人心目中一面方块字的旗帜。

这份华文报纸目前已经跟新华社、人民日报海外版、中央电视台、中新社、环球时报、凤凰卫视、新民晚报、欧洲时报、香港文汇报等媒体建立长期合作关系，同时与中国多个省市地方的侨办、侨联建立专版刊登或新闻宣传共享等合作机制，2012年湖北的宜昌还登载了专版。

除此之外，《中希时报》还在中国与希腊国家领导人友好互访中，担任陪同媒体角色，及时将两国首脑交流的内容与希腊华人以及中国国内民众分享。

2009年，《中希时报》成立门户网站，正式改版为"中希网"，新闻、资讯、文化、旅游、商务、黄页以及论坛均在网站上有所展示，甚至连银行的当天汇率都在网站上显示出来。一些便民服务电话如大使馆电话、电脑维修，甚至是快递服务都有专门的通讯方式。在希中论坛中，还有专门的板块讨论希腊生活、求职招聘、希腊语学习等，为生活在希腊的华人们提供服务。

2013年，《中希时报》与时俱进，开通官方微博和微信平台，本着"植根异土，善传生机"的传媒理念，致力为网友呈现一个客观、公正、及时、全面的希腊新闻及信息平台。在使用Twitter和Facebook作为社交媒体的希腊，微博和微信的开通使得《中希时报》的中国风格十分明显，也更受华人欢迎。

在数字化浪潮的今天，办报纸并不是一件讨喜的事情，纸张的费用以及印刷费都是不小的成本。《中希时报》24个版的印制成本达1欧元，加上人工费和信息费的支出，办报纸不可能盈利。然而《中希时报》一直为在希腊生活的华人坚守，也因此得到了希腊华人华商极大的关注和帮助。在《中希时报》眼里有着另一个希腊，另一个雅典，它俨然成为了当地华人的精神灵魂。我们在报社里还结识了一个天津小伙王洪普。报社总共只有3个人，所以他身兼多职，一个人写稿、划版，报纸印出后还要一户一户地送上门，但月薪只有1000多欧元。

吴海龙先生办报只是一项副业,他的主业是经营向希腊国家机关租下的办公楼改造成的商业大厦"中国城"。欧债危机爆发之前,在"中国城"里经营小商品批发的中国公司达到 50 多家,从这里向全希腊的几千个零售点批发,华商赢得了"黄金十年"。欧债危机出现后,兴隆的生意景象不再,但是吴先生相信将来还会有商机再现的一天。

等待和坚守,这是吴海龙先生的选择,包括这份不赚钱的《中希时报》。

踏上梦一般的艾依娜岛

我体会到,希腊是个视休闲为生命的国家。

全国的员工每周工作 35 小时,每年有 22 天的带薪休假,还要加上名目繁多的国家法定假日。因为休闲时间多,所以有效劳动时间不足,造成国家经济成本过大。欧债危机出现后,有议员呼吁要延长每周工作时间以增强国家偿债能力,但由于反对党认为此举违宪,只好作罢。

美丽的艾依娜岛

童话般的民居

艾依娜岛上的开心果树林

卖开心果的希腊岛民

　　休闲就去海岛，这是希腊人的习惯。

　　希腊是个多岛的国家。雅典东部的艾依娜小岛，仿佛一颗美丽的明珠镶嵌在海上。艾依娜岛是距离雅典最近的历史文化名岛，只有 17 海里，所以是繁忙的雅典人周末度假的最佳据点。

　　我们搭上前往艾依娜岛的海轮，距离虽然只有十多海里，但在一望无际的爱琴海湛蓝色海水包围之下，仍然形成如梦如诗的独特旅途印象。关于艾依娜小岛名字的来源，还要从希腊一个浪漫又凄美的神话故事说起。众神之王宙斯看上了美丽姑娘艾依娜，就想方设法用"爱情"绑架了她。为了躲避天后赫拉，宙斯把艾依娜送到了这荒无人烟的小岛上。艾依娜在岛上为宙斯生了一个儿子，可寂寞孤独如影随形，时时缠绕着她。宙斯为了弥补自己不能随时守在她身边的缺憾，也为了能让她高兴，送给她开心果。艾依娜在期盼中种下的开心果，最后都变成了红心开心果。那颗颗崩裂开的红心开心果，犹如艾依娜那企盼爱情的心。

　　登上艾依娜岛，随时有一种仙境的感觉。希腊独特的白墙蓝窗民居，散布在山坡之上，风是那么柔和，水是那么碧透，这个世界原来还有这么诗一般的地方。

　　艾依娜岛原为伯罗奔尼撒半岛的埃皮达夫洛斯城邦的殖民地。关于她的名字，也有一说是早期腓尼基定居者命名的。在公元前的古希腊时期，艾依娜岛曾是南欧爱琴海海域的经济中心，是雅典的主要竞争对手。为了贸易的顺畅进行，该岛发行了欧洲最早统一使用的银币，这从某种程度上可以说是欧元的前身。1828 年，这里还一度成为希腊的临时首都。

艾侬娜岛的地理位置十分重要，公元前7世纪左右，这里就成为贸易重镇，贸易带来的繁荣和富庶甚至超过了雅典。在遥远的年代，艾侬娜城邦曾是雅典城邦的劲敌。如今的艾伊娜岛上仍保留着政府旧址、希腊第一家印刷厂、第一所音乐学院等。人们说建筑才是历史的见证者，艾侬娜岛沧桑的建筑群，是现代希腊一步步演变的活化石。走在岛上，不禁想起一句话：无论古今多少事，一切均付笑谈中。

不仅外国人，希腊本国人也选择艾侬娜岛作为度假休闲的理想去处，跑到艾侬娜岛上吹吹风，吃吃烤鱼，工作时候的劳累便消失得无影踪了。收获开心果的人们可以开开心心重回工作之地，容光焕发地迎接新一轮的挑战。这里也是许多当代电影拍摄的外景地，20世纪有名的《黑衣少女》在这里拍成后，卖出了创纪录的天量票房。

艾侬娜岛的美丽，美在岛上像童话般的民居，美在岛上寓意幸福快乐的开心果树，也美在岛上惬意而悠闲的岛民。艾侬娜岛的开心果，被当地人采用不同的加工工艺，制成了希腊独有的小吃，在别的地方可尝不到哦！我们这些外来客品尝了甜的、咸的，还有怪味的，人人都带着几袋开心果离开艾侬娜岛。艾侬娜岛上盛产的开心果产量在世界开心果产量中排名第六，每年9月份是艾侬娜岛的开心果节，张开嘴巴微笑的开心果，兴奋迎接来自全世界各地的游客。

艾侬娜岛面积只有85平方公里，人口大约15000人，而来岛观光的游客累计达到数百万。那柔软的梦幻般的蓝色海水，平静地袒露在眼前。只有童话里见到的蔚蓝，让人仿佛有了一种进入天堂的错觉。我全身心的放松和舒展，惬意又慵懒地晒着太阳，清凉的海风迎面而来，满眼的蓝色随性、包容、美丽、温柔。坐在艾侬娜岛上，让时间静止下来，卸下一切包袱，任心灵之花自由绽放。

希腊的劳动法规定，员工工作的时间积累达到4500天，就可以享受退休金。折算下来，如果用中国人的活法，日夜不休地拼命干十几年就能享受退休金了。但是希腊人却不这么做，他们一年之中安排工作日达200个就不错了，其他时间都放情山水之间，到了近70岁才积满4500天的大有人在。所以，像艾侬娜岛这样的地方，无论什么时候，都有希腊人在那里望着大海晒太阳、喝咖啡和发呆。

希腊人属于一生都沉浸于神话境界中的人，见之信然。

探访雅典一家普通医院

生老病死乃人之必由之境,我们想看看希腊的医疗保障条件,于是走访了雅典老城区小巷里的一家普通社区医院。

雅典旧城的狭窄巷子,随处传递着幽深却也不乏寻常的生活气息。我们去的这家医院与中国医院很不一样,走近医院的檐廊,没有看到急诊室,有的居然是咖啡座!先喝咖啡再看医生,这真是希腊人独特的浪漫。

医院是一座6层的建筑,一楼有CT等设备和化验室,各个专业科室分布在其他楼层。这里非常宁静,所有来就诊的病人,都是按照事先的预约,安静地坐在椅子上候诊,没有一点声响。

这里的管理人员不多,医生数量也很少。他们根据希腊法律,对所有公民实施医疗保险范围内的服务。由于希腊是海洋国家,岛屿众多,医疗机构不可能平均分散在大大小小的岛上,所以,各个医院也都承担了与岛民联系服务的责任。

医院的大厅里,摆放了许多服务性的印刷品。我随手拿起一份,那是一个介绍运用水上飞机实施救护和转运的项目。在紧急情况下,这种水上飞机的功

我们走访了这所雅典医院

能是其他交通工具无法取代的,也是希腊医疗救护体系的一个特色。

希腊和德国一样,早期主要以社会保险的形式发展医疗卫生服务,最早的社会保险金出现于19世纪的下半叶。到20世纪70年代末,公共医疗支出始终低于国内生产总值的2.5%。1981年泛希社党上台后,希腊着手建立国民医疗卫生体系,旨在为全体国民提供免费、平等和全面的医疗服务。1983年,政府通过1397号法令,规定扩大医疗服务范围,建立全国性的医疗卫生体系,这是希腊医疗卫生发展的一个重要里程碑。此后,公共医疗开支从1980年占国内生产总值的3.8%,上升为1990年的4.8%。20世纪90年代,新民主党上台后,又对国民医疗体系进行了改革。

进入21世纪,希腊又围绕医疗体系的组织框架,设立地区卫生署,按照现代管理原则建立医院管理体系。希腊政府部门专门设置了卫生和社会互助部,管理全国的医疗卫生事务,并承担全国的医疗卫生专业人员的人事管理,就人员雇佣事项向政府内阁报批。该部门由部长、三个副部长以及卫生事务秘书长和福利事务秘书长共同领导,这些职务均由总理直接任命。

希腊还有一些机构在劳动和社会保障部的监管下,参与公共医疗卫生事务的管理。其中既有提供医疗服务的社会保险基金,以及具有咨询机构性质的中央卫生理事会,直接向卫生部门报告相关事务和提出建议,又有专门的顾问委员会,如艾滋病、药品以及器官移植组织等等。

希腊的国民医疗体系是按照普遍性原则为全民提供免费的医疗服务,它涵盖了初级医疗服务、综合性医院服务、急救等全方位的医疗服务。该体系医疗

绿十字标记的药房遍布城市

医院的入口很小

服务由公立医院承担。2008年，希腊已有123个综合性和专科医院及9家精神病医院。大部分的医院主要提供二级医疗服务。国民医疗体系之外的公立医院有13家军队医院，它们由国防部拨款；5家社会保险机构，由社会保险基金出资；2家小型的教学医院，隶属雅典卡波蒂斯特里亚大学。

30年的医疗发展给希腊这个和平之国带来了混合模式的医疗体系，俾斯麦体系主要强调通过社会保险的方式来支付医疗费用，而贝弗里奇模式主要强调由国家预算拨付医疗费。这种混合模式的医疗体系的资金主要来自社会保险金，也包括了国家税收的转移支付。

对于希腊国民而言，医疗保险是强制性的，国内的医疗保险基金大约有30个，绝大部分属于公共机构，直接由劳动和社会保障部门监管。

私营医疗服务在希腊曾蓬勃发展过，一方面是希腊国家医疗体系僧多粥少，无法容纳这些医生的就业；另一方面是因为国民医疗体系和社会保险基金的发展，也需要通过对私立医院资助来满足不断膨胀的医疗服务的需求。在希腊，康复服务和为老人提供的医疗服务就主要是由私营医疗单位提供。20世纪80年代，政府出台政策发展公共医疗服务，禁止开办私立医院后，目前希腊私立医院不到250家。

希腊的医疗服务包括了四种：一是初级医疗服务，二是医院服务，三是急救服务，四是牙科服务。我们在走访这家医院时注意到，医院并不设立药房。而在雅典的街头，以绿色十字为标志的大小药房，遍布大街小巷。医生开处方时会很谨慎，但也有尺度，在保证药效的前提下，病人可以在高档药和便宜药之间作出自己的选择。

参观完这家医院，告辞之时，主人告诉我们，医院的楼顶花园开设有餐馆，可以就餐。这又使我们感受到了希腊人的天真和务实。进医院前喝咖啡，出医院前吃午饭，就医过程不仅是来看医生，也可说是一次休闲和消费之旅了吧。

一位希腊老人眼里的中国

图片上的这位老人,名字叫伊米特里,67岁,是一位退休的希腊工程师。

我们相见于航行在爱琴海的"光荣号"客轮上。因为是邻座,所以就聊起来。我们都能讲一点英语,再加上一位船上的中国雇员帮助翻译,很开心地聊了一个多小时。

接受访问的希腊老人伊米特里先生

伊米特里身体很健朗,我开玩笑说他年轻时一定是个帅哥,有很多姑娘喜欢。他一听,以希腊人特有的浪漫开怀大笑,说:"那真是的,年轻时候真是美好,现在老啰!"

希腊在20世纪90年代经济发展较快,GDP增长一度高于欧盟平均水平,但希腊的就业形势并没有随着经济的增长而有所改善,失业率极高。欧债危机之后,政府的财政困难导致市场萧条,希腊人感觉到经济的冬天没有尽头。

我对伊米特里先生说,古代希腊和古代中国,卫城和长城,都有世界影响。他点头称是,但他却令人意外地说:"现在的中国人,有钱!"

为什么有这样的印象?伊米特里先生说,中国人已经买下了希腊的港口,政府还在招徕中国人买下雅典的机场。在希腊旅游的中国人越来越多,奢侈品店里很多中国人出手,谁都看得到这一点。而且在希腊最近启动的新政策——购买房产可获居留权的政策后,来买房的外国人里中国人最多!

制约希腊经济发展的因素有两个:一是高失业率,二是希腊严格的用工制度。这两个因素已经对希腊经济的整体竞争力造成了不利的影响。根据最新数

我们在这座小岛下船游览

据，希腊现有人口近1100万，而就业人口不到人口总数的1/2，其中，农业就业人口约55万，工业就业人口约95万。值得一提的是，希腊第三产业——服务业十分发达，因而就业人口数量也是最多的，达290万。在希腊的人口构成中，120万人口的外来移民占据了不小的份额，其中华人有2万左右，外来移民成为希腊劳动力的一个来源，也是希腊经济发展的动力之一。尽管如此，希腊仍然面临失业率高于欧盟平均水平、长期失业者占据失业人口大多数者的社会现状。

对于外国人，希腊原则上是欢迎的，在少数方面有所区别和限制。例如，这次我们乘坐的"光荣号"轮船，本国人的船票价格为80欧元，外国人则要价为99欧元。

据当地朋友提供的《希腊劳动力就业情况分析》一文指出，希腊财务危机以来，连续的财政紧缩政策造成的希腊经济持续拖累着劳动力市场，希腊就业人口不仅没有提升，反而不断下降，与此同时，则是失业人口数目的快速上升。截至2013年一季度，希腊全国失业人口135.3万人，失业率高达27.4%，这是从1998年有统计数据以来的历史新高。

伊米特里老人很幽默，他总是流露出狡黠的目光，不时吐出笑语。他开玩笑说，如果雅典的帕特农神庙之下，祖先们埋藏了大量的黄金就好了，现在正好可以把它挖出来，帮助希腊克服债务危机。

他说，长期的经济增长乏力和高福利政策，导致希腊财力透支严重，经济前景堪忧。2013年希腊经济衰退进入第6个年头，预计2013年经济将衰退4.6%。而希腊固定资产投资也大幅下滑，未来就业市场前景堪忧。

伊米特里先生抽烟，但他自己动手卷烟抽，他自带了一个小巧的卷烟器，可以很熟练地在短短几十秒时间里卷起一支烟。燃起烟后，他的话更多。他说，现在希腊的退休年龄推后，劳动力市场供需失衡。希腊政府一直实行紧缩型的改革措施，裁减了很多公共部门的工作人员，从长期来看，这是有利于提高改革效率的，然而短期内却产生了大量的待就业人员。而希腊政府的现有计划是延长公民退休年龄，到2015年，所有希腊人退休年龄由60岁延长到65岁，且工作时间必须满40年（4500天）才能退休。这一政策又再次增加了希腊国内劳动力市场供给的存量。希腊政府预计，希腊失业率要等到2015年才有可能开始

下降。由此观之,为刺激经济,希腊政府急需吸引投资,尤其是要创造出更多的就业机会以缓解日益严峻的就业问题。

我问伊米特里先生,现在希腊的年轻人对老年人如何赡养?他摇摇头说,他有四个孩子,每个孩子都有自己的事情和自己的家,不会与老人住在一起。现在希腊的青年人一般都不会自己去购买住房:一是经济能力有限;二是年轻人都受到享乐观影响;三是希腊人口不多,老人可以遗传给子女的房源很丰富,年轻人也就不急于自己购房,而是等待遗产。

伊米特里先生话锋一转,说:"中国的人口多,这是个优势。而希腊本来人口就少,现在的年轻人却不愿意生育,造成劳动力的缺乏更严重。其实,希腊政府已采取了不少鼓励生育的措施,孩子生得越多补贴越多,如果生育4个孩子,政府不仅要奖励一辆轿车,而且这辆车的车牌还特别用红色标记,凭此可以享受很多优惠。"的确,我在希腊看到过这种红牌车,但是数量很少,表明年轻人并不为此项鼓励生育的政策所动。

中希自1972年建交以来,双边贸易额增长很快。随着中国改革开放的不断深入,中国的科学技术有了突飞猛进的发展,加之2004年举办的雅典奥运会,中希贸易也再次加速,主要表现为高科技含量、高附加值的机电产品所占的份额逐渐加大,华人、华侨在希开办商贸公司数量剧增。然而,希腊政府债务危机后的2011年,中国和希腊的双边贸易额为43亿美元,到了2012年,却降为33亿美元。可见,欧债危机对于中国和欧盟的双边贸易的影响巨大,正所谓:城门失火,殃及池鱼。

伊米特里先生善开玩笑的性格始终感染着我。红色的夕阳照在波光粼粼的爱琴海上,他的脸上也反射出红色的光。当结束这次对话时,我从寻常的礼节出发,说:"欢迎你来中国,来北京看长城。"伊米特里先生哈哈笑着回应:"那好,我非常想去中国,只是——你邀请了可得出钱哦!"

拜访卫城的"爷爷"

卫城是希腊国家的象征，世界上著名的古建筑之一，而卫城的"爷爷"是怎么回事呢？

美丽的爱琴海是众多情侣青睐的旅游胜地，对于希腊本地人而言，如果能够在离城市不远的海岛上休憩，轻松过个周末，那是再美不过的消遣。海岸东边有一座神奇的小岛，名叫艾依娜岛，她是无数希腊人国内旅游的首选之地。

我乘海轮来到艾依娜岛，惊奇地发现，这里除了景色绝佳外，居然还有着希腊神庙的祖宗级遗址，也就是被称为卫城"爷爷"的阿菲亚神殿。这一处遗址是近代由德国考古学家从地下发掘出来，于1811年开始按残迹复原出来的。因为它始建于公元前490年，比著名的雅典帕特农神殿还早60年，故被称为帕特农神庙的"爷爷"。中国的建筑多为土木建筑，坚固性逊于以石头为材料的希腊建筑，所以在中国几乎不可能看到真正的两千多年前的建筑，而在希腊，这一点却是经历了千年风雨之后的明证。

阿菲亚神庙坐落在艾依娜岛港口一座山丘上，站在神庙里可以俯瞰萨罗尼卡湾壮丽的景色，天气晴朗时，还可以遥望远处雅典城的风光。

阿菲亚神庙是希腊古典时代后期的典型代表建筑，多立克式石柱原有32根，现存24根，全用艾依娜岛当地的石灰岩雕成。神庙不远处便是岛上有名的疗养地和阿基亚码头。当地人指点我们说，这个阿菲亚神庙与雅典卫城的雅典娜神庙、另一个岛上的海神庙构成了一个神奇的正三角形，三个庙恰好是这个正三角形的三个顶端，真是这样，足见希腊人建筑美学的神奇巧妙之处。

时至今日，从阿菲亚神庙上依然耸立的错落有致的残柱上，我们依稀可以看出当年盛况时代神庙那繁华的风貌。在残石之上，我抚摸了石头的温度和潮气，仿佛那里可以传递出希腊文化的脉搏。

艾依娜岛神庙的立柱

据史料记载，阿菲亚神庙的名字来源于古希腊神话中的狩猎女神阿菲亚，最初对阿菲亚的崇拜仅限于艾依娜岛岛民。根据希腊神话故事，阿菲亚是宙斯与另一位妻子勒托所生的女儿。在古代的神话里，每一个城邦，每一座小岛，都有庇护其免遭灾难的守护神存在，阿菲亚则是她所在岛上居民的守护神。公元前490年，希腊人民为纪念萨拉米海战的胜利而专门修建了这座神庙。神庙里供奉的这名山林水泽仙女，就是阿菲亚。

在遥远的年代里，艾依娜城邦曾是雅典城邦的劲敌。在公元前的几个世纪里，两个城邦常进行"军备竞赛"和"文化竞赛"：公元前490年，艾依娜盖了个阿菲亚神庙，后来，雅典就建造起更加宏伟壮丽的帕特农神庙供奉雅典娜女神，但帕特农神殿比阿菲亚神庙小60岁，因此卫城"爷爷"的称号名不虚传。

公元前510年，一场无情的大火摧毁神庙。此时的雅典城邦已经强大起来，对阿菲亚女神的崇拜被对智慧女神雅典娜的崇拜所取代。第二个阿菲亚神庙约建于公元前490年，它是一座古希腊晚期仿古神庙，也是希腊古典时代后期的典型代表建筑，是欧洲著名的神庙之一。

阿菲亚神庙是典型的围柱式建筑。早在1811年，德国的考古学家哈勒斯泰因就发现了保存比较完好的阿菲亚神庙。值得一提的是，阿菲亚神庙与卫城的帕特农神庙、伯罗奔尼撒半岛的瓦塞阿波罗神庙一起，共同构成了希腊保存最完美，也是相当具有建筑美学艺术价值的神庙。

从公元前490年，到公元2013年，阿菲亚神庙用屹立的石柱告诉世人，她还是存在着。看着美丽的夕阳年复一年地从爱琴海落下，守着一轮又一轮的新月从开心果树叶缝中洒下朦胧的月光，阿菲亚像一位优雅的女神，温柔地站在艾依娜小岛上，保护着她的子民。

美丽的山林水泽仙女，给这座神庙带来了几许浪漫色彩；漫长的悠悠岁月，赋予了这座神庙浓浓的沧桑感；希腊人民的崇拜，又给这座神庙增添了厚重的神圣感。阿菲亚神庙至今仍吸引着众多游客前去参观，荡涤心灵。

我围着阿菲亚神庙步行了两圈。这真是一个灵魂洗礼之旅。放眼四望，脚下是青翠的树林，远处是蔚蓝色的爱琴海，而身边是饱经沧桑的古神庙残垣。在这里，你会感觉时间已经凝固，过去的岁月，如同消逝的呐喊，不再听得到，

从地下被发掘出后复原的艾依娜岛神庙

绿树中的神庙

却仍然震撼人心。

一景一天堂,一庙一世界,阿菲亚神庙的魅力,得慢慢品味。

走进雅典的"女人街"

"Folli Follie"是希腊创立的名牌,长于设计、制作与销售首饰、手表及时尚配饰,包括中国在内的世界各地都有专卖店。我们来到雅典被称作"女人街"的最繁华的老街,看到这个品牌的旗舰店与数不清的各色小店站在一起,招徕着世界各地的游客。

这条小街真的很窄,窄到不容车辆通过,只供人行走。

希腊是享乐至上的国度,因此消费行业十分发达。在"女人街"上,不仅商品丰富,而且走几步就有一个咖啡座,许多人伴一杯咖啡坐一下午,消磨夏末的时光。

中国的产品随处可见,今年夏天流行一种非常简易的女式凉鞋,这些鞋子就来源于中国沿海的民企。因为价格便宜,所以几乎所有的雅典女孩子在一夜之间就换上了这种式样的凉鞋。

对于希腊这么一个中等发达的国家来说,商业十分发达,但是工业基础与其他欧盟国家相比,还是相对薄弱,主要体现为工业技术落后、门类不全、生产规模小。

二战前,希腊基本上属于落后的农业国,有限的工业发展主要集中于食品加工、烟草、纺织等轻工业。20世纪50年代,希腊工业化进程开始,到70年代,工业总产值已经占出口总额的64%。

希腊由于国内资源有限,能源、原料、机器和运输设备都需要大量进口。可以说,希腊的工业"先天不足",与美国等资源大国以及英国等通过科技革命发展工业化的国家不同,国际经济环境稍有风吹草动,希腊就会受到很大影响。

雅典的"女人街"

  20 世纪 70 年代初期是希腊典型的工业积累时期,其出口的产品主要是以中间产品和资本密集型产品为主,如水泥、铝、钢等。70 年代中期,希腊出口产品主体转向传统的制造业产品等。80 年代希腊加入欧盟,调整了企业员工的福利待遇,加大了工厂企业的支出,减少了企业主的利润额。种种不利因素导致希腊工业经济从 80 年代开始到 90 年代前半期陷入停顿。20 年来,希腊工业产值占据国内 GDP 的比例直线下降。

  虽然经过重工业化政策,国内工业成了继旅游业之后的第二国民收入贡献者,然而希腊的工业严重依赖于原材料和燃料的进口,至今没有形成成熟的钢铁产业,无法生产轿车、卡车等基本交通工具。近年来,电信等高新技术行业正在希腊兴起。

希腊的能源工业中，褐煤和石油是最重要的能源，石油主要产自北爱琴海萨索斯岛周围的普里诺斯油田，产量也只能满足国内需求的10%，因此天然气也是希腊的进口能源之一。采矿业在希腊是极为重要的工业部门之一。希腊的冶金业发展历史较短，主要产品有铝锭、钢材和铅。

服务业是希腊国民经济中规模较大、门类最为繁多的产业，同时也是最为重要、发展最快的产业，20世纪80年代以来一直以高于整个国民经济平均增长水平的速度发展。领头行业是旅游业、海运业、银行业和商业贸易。

"女人街"上，有艺人在弹唱民间歌曲。刚成熟的伯罗奔尼撒葡萄，散发着绿中透白的新鲜气息，价格十分便宜。我们买下一大包，坐下来要一瓶汽水，边吃边喝，感受这城中的民风。

"女人街"地摊上居然有"名牌"

希腊人的购买力，有一部分来自于发达的航海业收益。不时可以看到水手打扮的人，在"女人街"上走过，或是在咖啡座上休闲。海运业曾帮助希腊打造"航海民族"盛誉，自希腊建国后，海运业延续悠久历史传统，成为国内经济发展的发动机，也成为当代希腊享有世界重要地位的象征。希腊船队满足了世界运输总需求的16%，其中包括了中国70%的原油和天然气的运输量。在国际海运领域，作为海运大国的希腊为实现高质量的海运，发展自由竞争的海运市场发挥了积极和有建设性的作用。

希腊的零售业业态齐全，大型超市、购物中心、百货商店、专业店、专卖

希腊纪念品店

店、折扣店和便利店等共同发展。原来，希腊的中小企业在零售商中占据大多数，近年来，一批规模较大的批发和零售商公司陆续开张，许多著名的欧洲零售连锁店也入驻希腊，其中一些采用了和本地企业合资的方式。国外的许多名牌产品，特别是电器和汽车，还拥有自己的经销商和零售网络。这些不断改变着希腊的商业布局。

随着时代发展，希腊的商业服务业结构也在慢慢发生着变化，零售小企业占有的市场正在萎缩，利润也越来越小，与难以获得扩大经营的投资形成鲜明对比的则是一些百货店、超市以及各种内外资和合资经营的连锁店市场份额变得越来越大。目前零售业内增长最快的是快餐和汽车零配件的销售，早在2004年，零售批发贸易加上旅馆、餐饮、交通和通讯的商业营业总收入，就占国内生产总值的30%。

希腊的古迹太多，"女人街"的旁边，就有从地下发掘出来的文物陈列，一座颓败的石头古建筑，被围在"女人街"的中央，喧嚣的市声与宁静的古迹形成强烈的反差。

不过我们也意外地在"女人街"发现，这里一样有着仿冒名牌现象。一些世界级的大牌手袋，居然在"女人街"的地摊上出售，真是不可思议。

这是个万花筒一般的世界，"女人街"只是一个缩影。

透视支撑希腊经济的旅游

橄榄树是和平的象征，在和平的环境里，旅游是永不消歇的绿色产业。希腊拥有约1亿棵橄榄树，橄榄树下的宁静与美景，引来世界上无数的游客。

中国游客是希腊增长最快的外来客源。我们在几乎每一个景点都可以看到中国人，特别是一些新婚夫妇，他们都把来希腊拍婚纱照作为一种最浪漫的选择。你看那一辆辆大巴上下来的小两口，都是冲着希腊的蓝天碧海而来。

触摸爱琴海之珠：希腊

梦幻的爱琴海，雄浑壮观的卫城，世界古代七大奇观之一的雅典娜神庙，象征和平的橄榄枝和白鸽，古老和浪漫的神话故事，构成了希腊这个美丽又浪漫的国度。

希腊是欧洲文明的摇篮，一座座古老的城市和文明遗址吸引着来自全世界各地的游客前去朝圣。希腊是温暖的地中海气候。在阳光灿烂的日子，赤脚走在沙滩上，看到远处一连串美丽的岛屿和近处干净又雅静的村庄，心情会随之好起来。看到热情开放的希腊人手举着葡萄酒杯，吃着最美味的沙拉拌奶酪，美丽的希腊姑娘款款走过身边，浪漫的感觉瞬间涌上心头。希腊确实有着太多太多的美，这种魅力合着它古老的神话一起，向世界展示和平与自由的愿景。

在雅典发现古希腊的璀璨文化，在奥林匹亚发现奥林匹克精神，在爱琴海边发现美丽的浪漫时光，因此希腊的旅游业是其经济最为重要的支柱产业，也是第三产业中发展最快的行业。

旅游业为希腊带来了巨额外汇收入，是维持国际收支平衡的重要经济来源。旅游业作为希腊一种真正的产业，还要从二战后说起。20世纪60到80年代，希腊的旅游收入每年几乎增长3倍，90年代政府加大对旅游业的投资力度，发展了海上旅游、山地旅游、生态旅游和文化保健旅游等多种形式的旅游业。全民建宾馆、全民发展旅游业已经成为希腊经济的趋势。21世纪初，希腊全国拥有了超过8000家宾馆，床位供应量达到60万。

此外希腊政府还引入多项投资来创建综合旅游发展区，将豪华宾馆和其他休闲娱乐设施有机结合起来，如在景区建设高尔夫球场、海滨广场、冬季体育中心、健身温泉和会议中心等。

经过希腊政府的努力，21世纪以来，前去希腊观光的游客数量每年达1300万人，超过了希腊的人口数量。

人们常说，西方人若想去东方，首先应该到希腊；东方人想去西方，也应该先到希腊。雅典正是希腊的代表。从地理位置上看，雅典属于欧洲，而且自希腊独立后，一直追随着西方发展的脚步。在数千年的文化传承上，雅典又吸收了更多的东方因素，土耳其长达400多年的统治，使得雅典在文化和风俗上打上了"东方"的烙印。

游艇在爱琴海起航

爱琴海边的民居旅馆

古希腊的城邦有两大"宝":一是卫城,二是剧场。古希腊人聪明的建筑才智和丰富的建筑美学知识,为后世带来了宝贵的建筑财富,同时也为希腊的旅游添上了浓墨重彩的一笔。

位于希腊北部的马其顿大区的塞萨洛尼基市,是整个巴尔干地区的商业中心,也是欧洲古城之一。以建城者马其顿国王的卡桑德尔王后的名字来命名,市内大大小小的教堂呈现为罗马建筑风格,教堂内还保存有上千年的建筑和美术作品。如今的它,现代化气息浓厚,不少国际和地区组织坐落于此,除此以外,希腊北方的文化和科研中心,例如著名的亚里士多德大学等也在这座美丽的海滨城市。

希腊的东部、西部、南部海域都散布着数千个大大小小的美丽岛屿,爱琴海蓝天碧海相连,是恋人们梦中的天堂。克里特岛作为希腊文明的发祥地,有着米诺斯王宫的"地下迷宫",也出产最具盛名的水果——橄榄。全岛橄榄产量占国内总产量一半以上,被称为希腊诸岛之精华。被誉为"西欧桥梁"的西部伊奥尼亚海诸岛风景秀美,树木葱茏,沿岸海水透彻如蓝色水晶,其中的科孚岛还有"小伊甸园"的美称。南部的岛屿则控制着地中海和柯林斯运河的咽喉之地。

戴安娜王妃生前最喜爱的小岛,是希腊的依泽拉岛。这个小岛上没有汽车,只有毛驴代步。就是这样的一个小岛,早成为游人心目中的圣洁之岛,一年到头不分寒暑,游客不断。在依泽拉岛,我曾经跃入湛蓝的海水,在透明度达到4米的海水里,感受爱琴海的清新。尽管海水是咸的,但那清冽透明的海水,还是使人忍不住尝一口。

此外,作为世界奥林匹克运动发源地的奥林匹亚,早在米诺斯时期就开始举办四年一次的体育竞技活动了。公元前776年,第一届奥林匹克运动会举办,在举办期间的前后三个月,一切战争都停止,因此奥运会从古代开始就已经成为了弘扬和平与公平竞争理念的象征赛事。历史延续几千年,每一届的奥运会圣火都在奥林匹亚村的纳姆菲翁神庙采集,传递圣火不仅仅是一种活动,更是一种讯号,它将和平的精神带到了世界的每一个角落。

希腊的浪漫情怀,美丽的自然风景,深厚的人文底蕴,希腊人民传递的美

爱琴海随处可游泳

好信念和精神,让这个国度成为了游客心中的度假胜地。旅游业撑起了希腊的经济,自由的灵魂撑起了希腊的旅游精神。

我们在雅典城内步行,经过举办过奥运会的古代运动场,那里有如云的游客。一个小贩在那里出售用橄榄树枝缠成的头冠,1欧元1个。人们纷纷掏出零钱,买来橄榄枝头冠戴起。那和平与清闲的场景,只有在古老的希腊才可以品出其中的韵味。

东正教的地位

圆顶是东正教教堂的特色。我们一踏上希腊的土地,就感受到这里的文化有别于欧洲其他地方。希腊的文化东西方结合,因此在宗教信仰方面就有所不同。希腊的教堂全都是圆顶,与西欧的尖顶教堂形成鲜明的差别。

在艾依娜岛上,我们造访了一座东正教的教堂。那是一座宏伟的建筑,由三个部分组成。红色的墙体,黑色的供奉座位,通明的蜡烛,都使人感受到一种与其他教堂不同的气氛。

东正教产生于拜占庭帝国(或叫东罗马帝国),帝国的首都是君士坦丁堡。作为基督教三大教派之一的东正教,一直处于皇权的控制之下。中世纪时,直

接受拜占庭帝国的控制并为帝国国教。

东正教有时又称"正教",加一个"东"字表示它属于罗马帝国东部希腊地区的基督教。教会在神学思想、礼仪制度、习惯等方面受希腊文化影响,具有一些不同于以罗马教会为代表的西部地区教会的"东方"特色,因而习惯上被称为"东派教会"。

基督教分裂后,东派的东正教强调主教与教会是一体的,主教们的管辖权平等;但西派的天主教认为,教区是教会的一部分,教区合起来是"基督在地上的身体"。除此之外,东正教强调信仰的超性,拒绝理性主义,相信除非神说出来,人不能凭理性认识他;天主教倚赖哲学和理性来做神学,甚至相信人的理性有一天可以窥见上主真体。

罗马帝国分裂后,东派教会各主教为争夺牧首地位而经常进行斗争,每个主教都想扩大自己的势力和影响。除莫斯科教区外,在东罗马境内形成了四个宗教中心:安提阿教区、君士坦丁堡教区、亚历山大里亚教区和耶路撒冷教区。经过矛盾和斗争后,君士坦丁堡教区主教居于其他三个教区主教之上,因而享有"至圣主教"和"普世牧首"的尊号,但是其他三个教区仍旧保持独立自主的地位。

东正教认为,没有比教会更高的权威,甚至不能把基督看成是高于教会的权威,因为教会是基督的化身,基督的生命就是教会的生命。他们的教会与国家相结合,同时皇权高于教权。东罗马皇帝可以实行独裁统治,有权任免教会牧首、召开主教会议、批准宗教会议决定、解释教义等。

东正教宣扬三位一体的上帝、来世、死后报应,以及天堂、地狱、末日审判,相信耶稣基督可以救赎人类,并强调与神沟通的神秘意义和礼拜活动的神圣气氛。他们认为教会能在上帝和人之间起到中介的作用,因而显得比较拘泥于古代基督教会的教义和礼仪。东正教士衣着与天主教士不同,东正教的主教头戴圆筒帽,身穿银白色或黑神袍,胸挂圣像,手持权杖;天主教的主教则头戴瓜子帽或四角帽,身着金黄色长袍,胸挂十字架,手戴权戒。希腊的东正教士穿着打扮十分引人注目,教堂布置得庄严、华丽,挂满了圣徒像。在举行宗教仪式时,堂内烛光万点,更显得隆重肃穆,而圣乐团的演奏和信众的合唱,也常

东正教堂都是圆顶

东正教教堂内的烛火

带小孩的东正教士和他的一家

使参加者陶醉在圣乐和圣歌之中。

我们向一位黑衣教士点头致意。这位教士带着一家人来此，口中念念有词。希腊这个国家两千多年来，虽然文化影响力巨大，但是从来没有以武力征服过异国，这是不是与东正教的文化有关，还有待学者们去探知就里。

仿古建筑也成古董

走在雅典的街头，看到的建筑全都是古典风格。来自东方的我们，实在是分不清哪些是古迹，哪些是近现代仿造的建筑。

希腊首都雅典位于巴尔干半岛南端，三面环山，一面傍海，西南距爱琴海法利龙湾8公里。市内多小山，基菲索斯河和伊利索斯河穿城而过，是希腊最大的城市。在339米高的利卡维托斯山上，建有国家图书馆、雅典科学院、雅典大学等。这些建筑富丽堂皇，威严气派，向人们展示了雅典在哲学、文学、建筑、雕刻等方面取得的巨大成就。如果不是当地人指点，我们会以为这些建筑也是两千年前古希腊时建设的，实际上，它们是仅有百多年历史的近代建筑。

19世纪时，来自丹麦的建筑师汉森兄弟设计建造了这三座建筑，完成了他们的建筑"三部曲"。与周围古老的遗址相比，三座建筑有一种崭新的感觉，因此被称为"新古典建筑"。

雅典科学院的名称源于2500年前古希腊最伟大的哲学家——柏拉图。科学院的整体建筑于1885年建设完成，共花费2,843,319德拉克马。1890年，这栋建筑还是雅典钱币博物馆，1914年改设成拜占庭与基督教博物馆和国家档案馆。1926年3月24日，该建筑才被移交给当时刚成立的雅典科学院。科学院隶属于教育和宗教事务部，是希腊的最高研究机构，为国家级科学院。主楼位于雅典市中心的大学街和科学院街之间，是雅典的主要地标性建筑之一。

雅典大学，全称雅典国立卡波季斯特里安大学，校名是为纪念希腊独立运动领导人物爱奥尼斯·卡波季斯第亚斯。它成立于 1837 年 5 月 3 日,坐落在雅典卫城,是希腊的第一所大学,也是现在巴尔干半岛和地中海中部地区最古老的大学。

现在,雅典大学的专业不断增加,学生人数也逐年增多,规模已经扩展到拥有 9 万多名在校师生,设有政治、医学、哲学、法律、理学、神学等 6 个学院,涵盖了哲学、法学、医学、经济学、考古与艺术史等 30 个学科门类,有 75 个博士学位授予点,是整个希腊学术界的最高殿堂。我们眼前的这一处建筑早已容纳不下那么多的学生,新校区迁到雅典郊区已有多年。

希腊国家图书馆是 1867 年正式命名的国家级图书馆,建材主要为大理石。图书馆陶立克式风格的柱子构造简单,没有多余的装饰。门口有两尊雕像相向而立,一面是苏格拉底,另一面是柏拉图。中央主建筑左右各有一侧室,看起来稳重且平衡。我推开图书馆厚重的大门,里面的人友善地让我们进去探看。所有的屋子里,都放满了各种古旧家具和书籍,许多人在安静地埋头读书,在这样的气氛里,哪怕呼吸过重都会让人听到声响,不由使人保持肃静。

仿古风格的雅典科学院

由于希腊人的慷慨馈赠,图书馆藏书十分丰富。内藏有纸莎草、拜占庭手稿、欧洲和亚洲语言文字的手稿、拜占庭文件等4500件和摇篮本图书200部,堪称希腊之最。这里还收藏有包括著名的1476年拉·斯卡里斯在米兰印制的《希腊文法》,以及16世纪以来的许多古旧和善本书。此外,还有土耳其统治时期、独立革命和现代希腊的大量历史文献,藏品共计100万种,图书、报纸、期刊、地图等共250万卷。

古希腊建筑是人类发展历史中的伟大成就之一,给人类留下了不朽的经典艺术审美观念。其建筑形式深深地影响着后人,它几乎贯穿在整个欧洲两千年的建筑活动中。无论是文艺复兴时期、巴洛克时期、洛可可时期,还是集体主义时期,都可见到希腊语汇的再现。

我们观赏了这三处仿古建筑之后,在穿过附近的地下街道时发现,地下街道的墙壁上,用玻璃嵌着就地发掘出来的陶器,甚至还有整具的人骨和随葬品。希腊实在是太古老,到处都是历史,到处都有文化。

苏格拉底(右)和柏拉图(左)雕像

挖地 11 米的奥运主赛场

我在雅典,时刻会想到"奥运会"三个字。

虽然是法国人顾拜旦最先倡导了奥运会,但奥运会之祖永远是希腊,这是全世界不争的事实。

我们来到 2004 年雅典奥运会的会址,非常惊奇地发现这座建筑物居然并非为这次奥运会专门新建,而是在旧运动场上改建而成的。2004 年 8 月 13 日至 29 日,雅典举行了第 28 届夏季奥林匹克运动会。来自各个国家和地区的运动员们以更快、更高、更强的奥林匹克精神挑战极限、攀越新高,勇创 20 多项世界纪录。在雅典奥运会女子 10 米气步枪决赛中,中国选手杜丽以 502 环的总成绩夺得雅典奥运会的首金,激发了我们对雅典奥运会的关注与讨论。

在一场奥林匹克运动会中,人们首先关注的常常是奖牌、火炬和举办国的历史文化。雅典奥运会奖牌背面由三部分构成,上面是本届奥运会的会徽,下面是熊熊燃烧、永不熄灭的火炬,中间则是古希腊著名抒情诗人品达为公元前 460 年举行的第 8 届古代奥运会所写的赞美诗中的开篇词句。奥运会火炬则由金银两色的金属和木质手柄构成,呈卷起的橄榄叶状,犹如向上喷发的烈火。火炬高 68 厘米,重 700 克,曲线符合动力学结构,可以使火焰产生更为升腾向上的感觉。

奥运火炬最终将传递到奥运会的主场馆——雅典奥林匹克体育馆。它位于希腊雅典北郊的马鲁西,主要由室内馆、水上中心、网球中心、室内赛车场和主体育场 5 个部分组成。雅典奥林匹克体育场是雅典奥林匹克体育中心的组成部分,也被称为斯皮里宗·路易斯体育场。它得名于首届现代奥林匹克运动会马拉松比赛的金牌得主,希腊人斯皮里宗·路易斯。

雅典奥林匹克体育场设计于 1979 年,并于 1980 年动工建设。1982 年 9 月 8

I 触摸爱琴海之珠：希腊

雅典奥运会主体育场外景

雅典奥运会圆形室内体育馆

向地下挖深11米后扩建的奥运会主体育场

日,希腊总统康斯坦丁·卡拉曼利斯宣布体育场落成。这座体育场在1982年第13届欧洲田径锦标赛时首次投入使用。雅典人成功申办2004年夏季奥运会之后,决定将奥林匹克体育场翻新后作为奥运会的主体育场,而不另起炉灶新建。这也符合古希腊人崇尚自然和节俭的历史文化传统。

经西班牙著名建筑师卡拉特拉瓦设计扩建后,有着20多年历史的旧场馆发生了翻天覆地的变化,成为了一座现代化的多功能综合体育场。场内设有105米×68米的标准足球场,9道400米环形跑道,两只钢穹顶横跨球场上方,半透明玻璃悬于座位区之上,可以让阳光进入又可以阻隔热气,再加上各种田赛设施,体育场可容纳人数接近7万。卡拉特拉瓦的这种设计灵感来源于欧洲古代文明的拜占庭建筑,穹顶、蓝白基调则源于爱琴海及其诸岛。他称此工程为"奥林匹克梦想",并希望这个有钢和混凝土,看得见风景且带着雅典之光的建筑能给人留下难忘的印象,激发人类的奥林匹克精神。

希腊是欧洲古代文明的摇篮,雅典则是这个摇篮的中心。雅典距离古奥运会的发源地奥林匹亚约300公里。现代奥运会在108年后荣归故里,让希腊人悠久的文化通过奥运会传递给了世界。组委会把女子铅球比赛安排在古代奥运会赛场奥林匹亚举行,把射箭比赛安排在首届现代奥运会主赛场举行,马拉松比赛起点则安排在马拉松镇。雅典奥运会用这种结合的方式,让选手和观众在古代和现代文明中产生交融。

办奥运会是天大的事,天大的事当然也就需要有天大的智慧。这座原本并不能容纳下7万观众,功能也并不能满足现代奥运会的老建筑,是在创造性地向地下挖了11米,增加了容积而不影响整体外观后建成的。这样的改建所节约的费用是一个巨大的数字,这种务实精神使我们感到非常佩服。

热爱国旗和国花的希腊人

雅典是一座历史文化名城，也是一座花城和绿色之城。

我在雅典漫步，到处都可以看到鲜花。在雅典有300多个中国餐馆，许多中餐馆也入乡随俗，把花卉种到餐馆之外，让路人观赏。雅典有名的中餐馆"张园"，曾经接待过刘翔、郎平等名人，它甚至在人行道上围起了一个美观的栅栏，一朵朵鲜花密密地爬上了篱笆墙。

巴尔干半岛南部的希腊大陆，是爱琴海区域的主要地带。受海洋的影响，希腊温和适宜的气候为植被的孕育和生长提供了良好的环境。古希腊时期，许多植物在希腊人的生活中有着重要的价值和意义。在《圣经·旧约全书》的《创世纪》中，上帝耶和华看到地上的作恶者多，只有亚当的第十七代孙诺亚一人心地善良，便决定用洪水把一切生物都淹死。诺亚建造方舟后，洪水吞没了一切。过了许多天，他放出鸽子，晚上鸽子飞回来时嘴里衔着一片新拧下来的橄榄枝，表示洪水已经退去，橄榄枝也因此成了平安的象征。希腊人崇尚和平，就选取了橄榄花为国花。

希腊人爱种花，行走在雅典的街道上，最常见的就是各种各样的花藤和花丛。随着希腊城邦的强盛，整个希腊都开始普遍种植橄榄树。油橄榄花象征希腊民族的骄傲和国家的繁荣。举行竞赛时，希腊人以橄榄枝作桂冠，奖励优胜者。他们还会在日常的配饰中加入植物的成分，除茴香木的手杖、橡树叶的桂冠外，希腊人同样喜爱常春藤、风信子等富有观赏性和象征意义的植物。希腊人对生活的热爱和对自然的精细感觉使得许多植物成为他们日常生活的重要组成部分。在这种环境中，人与自然也能更好地和谐相处。

除花卉外，在希腊还能经常见到各种蓝白色的场景。往往只需一抹蓝和一抹白，就能组合出无数民房、旅店、教堂，组合出数不清的街道、市集、商店。

雅典街头的花丛

民居的国旗与鲜花

触摸爱琴海之珠：希腊

　　希腊号称是一个蓝白相间的国家，白色和蓝色自古以来就是希腊的代表色。他们这种对蓝白颜色的偏好源自于对希腊国旗的热爱。希腊国旗的旗面由四道白条和五道蓝条相间组成，左上方有一蓝色正方形，其中绘有白十字。九条宽带象征希腊独立战争时期的口号"不自由，毋宁死"中的9个音节，其中蓝色条纹代表了环绕希腊海滨的波浪，白色条纹表达了希腊人对东正教的信仰。在这个宗教气息浓厚的国家，耶稣、圣母的画像随处可见，教堂也是无处不在。不论多小的村庄，也能看到教堂的身影，并且它们的装饰也多以白色和蓝色为主。

　　希腊人非常钟爱他们蓝白色的国旗，几乎可以说，他们有一种国旗情结。走在希腊的大街小巷，不时可以看到有人穿着印有希腊国旗图案的T恤。不仅时尚的年轻男女爱穿，老翁老妪也爱穿，连好多蹒跚学步、咿呀学语的小宝宝也都穿着迷你国旗T恤。这些T恤上的国旗图案各不相同：有的四平八稳，有的仿佛正在迎风招展，有的是用蓝色和白色的闪光小亮片绣成的，还有的索性幻化成了一颗爱心的形状。然而不论怎么变，人们对国旗的喜爱之情是不变的。希腊人在国外时，人们常常可以通过他们带着蓝色长条的着装来识别他们。

　　在雅典卫城的残垣之上，希腊人不忘插上一面巨大的国旗，无论从城市的

希腊乡间小教堂

哪个方向眺望卫城，国旗都在视野之中，那是希腊的国魂。而在那面巨大国旗之下，有大丛无名的花在盛开。

船长让我当了 30 秒钟舵手

希腊的航运繁忙，是由于爱琴海造成了希腊国土的分散。

我们来到希腊，必不可少地要与轮船打交道。轮船大的有万吨，小的如舢板和游艇，那是不计其数。

我乘上"光荣号"客轮，这是一艘3000吨级的交通船，往来于雅典至艾依娜岛、波罗斯岛和伊泽拉岛之间。

大海一向被人们视为宇宙的神圣秩序，它与希腊其他自然风光相得益彰，在古代希腊被视为上帝的直接统治力量。大海是希腊文明中的重要元素，拥有经济、殖民、贸易、开发自然资源等重要经济价值，同时在政治和军事中也具有举足轻重的地位。希腊人乘着竹筏、战船和油轮，在海上穿行了数个世纪。航海之于希腊人，不仅是商业与文化的交流，也是文明创造的源泉。

地中海地区的人都知道，希腊人、腓尼基人和埃及人是第一批航海者。在历史的长河里，希腊人的生活与大海紧密相连，两大希腊文明基克拉迪丝和克里特，就是在爱琴海中发展并传入雅典，最终在雅典发展成了教育和艺术领域中欧洲文明的先驱。

"光荣号"客轮可以装载约800名乘客，分上下两层。在船头部分还设有小游泳池，供客人途中下水做日光浴。船员中有不少能歌善舞者，以船为音乐和舞蹈的流动平台。

目前，希腊船东占领了世界航海的主要部分。虽然希腊经济连续多年衰退，但它依旧是世界第一海运大国；无论是船队的数量还是运力，希腊都处于世界领先地位。希腊的船队数量占世界总量的20%以上，并拥有全世界将近25%的

油轮，承担世界运输总需求的 17%，中国大量的原油和天然气进口以及大宗货物都由悬挂希腊国旗的船队来承担。

拥有 4000 多艘商船的希腊，其海运事业贡献着 6% 的国内生产总值。希腊政府非常重视海运事业，提供很多政策支持，如开展海事教育、补贴海员社保、减免海员税收等。此外，希腊船东将 97% 的运力分散于欧、美、亚、非等地，均衡配置航运资产，越来越多的船主为了长远发展建立了符合现代商业模式的航运公司并在美国上市。

"光荣号"客轮经营的属近海国内航线，比较能够赚钱，投资者是希腊本国人。我到船头部分的驾驶台，看到一个瘦瘦的舵手在安静地操舵，而身穿白色制服的船长则靠在舷窗边，边抽烟边眺望航路。

我试探着走进驾驶舱，本以为会受到盘问，没想到不但没有人盘问，反而被客气地请了进去。

船长是个豪爽人，他听到我自我介绍是中国人，非常高兴地张开双臂，与我拥抱，并且口中连连说："中国人，朋友！"

希腊"光荣号"近海客轮

指导我操舵的大胡子船长很友善

我站在舵手旁边，与船长聊了一小会儿，并且用手触碰了一下不时转动的舵轮。船长这下来了兴致，打个手势让舵手下来，让他把舵轮交到我的手里。这个举动让我非常吃惊。我知道这是船长对朋友的好意，让我体验一下当舵手的感受。但是，这毕竟是一条海轮呀，我能行么？

船长鼓励地拍拍我，我终于站在了轮台上！

不过，我可不敢造次，不敢随意转动舵轮。我注意到，只要把稳舵轮，就可以让轮船一直前行，船头在湛蓝的海面上犁开水波，破浪前进。这时所产生的快感，不是用言语能表达的。

我知道舵手责任重大，所以握住舵轮30秒后，我就主动把舵轮还给了原先站在那里的舵手。不过，这段30秒的经历可是难忘，我毕竟是当了一回爱琴海上的舵手！

发达的海运业意味着运输网覆盖范围广泛。希腊国内各个海岛中，大多数有国内港口或国际口岸，能满足乘客的不同需求，无论国内或是国际线路都非常便捷。多家渡轮公司有多条航行路线，向人们提供来往各个岛屿间的便捷，船票也相当便宜，但船班不固定，航行速度也慢。

船班的时刻表每周更新，时刻表可以在观光局、各家渡轮办公室取得，港口的警察局也会张贴。渡轮出发的时间，不仅可能在没有通知的情况下提前，更有可能延迟出发长达3小时以上。所以，想要在船上找到舒适的座位，建议在航行前1—2小时就到达码头。

高速船的速度比渡轮快上一倍，不过价格也贵上一倍。在高速船上，最好带点晕船药。坐在有空调设备的船舱中，不要随意走动，否则容易晕船。

"光荣号"在金色的夕阳中返航，我和船长挥手告别。他说："中国朋友，回去多请你的朋友来希腊旅游，我们船上有中国水手，可以用中国话为你们服务！"

客轮往来于宛如画中的爱琴海

能歌善舞的希腊人

在希腊看当地人跳舞，可以发现男人也都喜欢穿着裙子跳。

希腊的音乐是欧洲最古老的音乐文化。中世纪以来，希腊音乐的发展与拜占庭的音乐文化有密切关系。15 世纪中叶开始，土耳其对希腊长达 4 个世纪的统治，严重地阻碍了希腊专业音乐的发展，使其丧失了在欧洲的领先地位。但是，希腊的传统音乐以民间音乐和宗教音乐的形式保存了下来。直到 19 世纪 30 年代希腊独立，希腊的音乐和歌舞才得到较好的发展。

在希腊，各地的民间舞蹈形式多种多样，其名称大多直接采用了舞蹈发源地的名字。比如潘多扎丽丝舞，它本来是希腊的一种古代战舞，现已经发展成为一种叫做狄俄尼索斯的舞蹈。这种舞蹈节奏轻快，形式活泼，跳舞的人一般都手拉手围成圈，由领舞人以娴熟的技巧跳出高难度的舞步，舞姿优美，花样繁多，引人入胜。除此之外，还有以古代神话中著名人物来命名的舞蹈。希腊神话中，古希腊雅典城邦王子提修斯孤身一人深入克里特岛迷宫铲除了牛头怪，是一位超级英雄，由此诞生的提修斯舞是一种集体舞，属于"迷宫舞"的类型。提修斯舞以王子巧妙进出扑朔迷离的迷宫为线索而展开，舞蹈的艺术表现手法十分巧妙而迷人。青年舞伴们在轻快音乐的伴和下，沿着"迷宫"一样的舞蹈线路，绕着一排姑娘组成的圆圈唱歌跳舞。转圈时，他们对每个姑娘都要唱一遍歌，不能冷落其中的任何一位。每个人都唱完后，最前面的姑娘便自动走向队尾，一起用一支"跳跃舞"来结束当天的庆典。

希腊的民间歌舞除了名称多样外，舞蹈的形式也各不相同。卡拉马提亚诺斯舞是知名度最高的希腊舞蹈，因歌谣中出现卡拉马塔而得名。它的特色是七拍节奏，跳舞时舞者弯肘互相牵绕，围成半圆来跳。拥抱舞是一种在婚礼或其他庆典仪式结束后亲朋好友聚在一起跳的舞蹈。跳舞的人左手放在自己的右肩

希腊民间歌舞表演

希腊人喜欢大家一起舞

上,拉着舞伴的右手,一边跳一边反复唱,意在向对方传达男女之间的情感。佐纳拉狄克舞是希腊本土东北部色雷斯地区特有的舞蹈,因舞者互相抓握对方的腰带而得名。佐纳拉狄克舞采用边歌边舞的形式,以逆时针方向的半圆起舞。舞蹈的队伍前半段由男士组成,女士跟随其后,一般以年龄顺序排列。站在队伍最前面的是技巧娴熟的领舞者,她们一边用右手拍打双脚,螺旋状旋转引出整支队伍,一边还能流畅地舞出花式舞步。来自基克拉泽斯群岛的希鲁托斯舞也很有特色,人们在跳舞的同时还使用提琴和鲁特琴伴奏,节奏是四拍子的切分音型。这种舞的舞者男女不限,但是跳舞的人手臂要向下低垂并相互牵握,以半圆形向右方移动。希鲁托斯舞在希腊全国都可以看见各式变种。

我们在旅途中也遇到被邀请参加圆舞曲的集体舞蹈,手拉手围成一圈,在手风琴的伴奏下起舞。

一个精壮的小伙子拿出一个玻璃杯,单脚踩在杯底上,随着音乐旋律像圆规一样转动,口中还不断歌唱,赢得满场喝彩。

露天音乐厅和音乐家雅尼

卫城是雅典乃至全希腊的一颗明珠,是雅典的象征。它保存着古希腊文明最杰出的作品,包括希腊的古典音乐。

我去参观的时候,适逢古老的阿迪库斯音乐厅正在出售下一轮音乐会的门票。我问了问票价,12欧元,并不贵。可惜日程不凑巧,我无缘这个机会了。

可容纳6000多人的阿迪库斯音乐厅,位于卫城入口南侧,它建于罗马时代,距今已有2000多年。每年夏季仍有表演在此举行。这个现为露天的音乐厅为三层式建筑结构,半圆形的剧场直径38米,在任何位置都能听清楚舞台上演员的台词及音乐席的表演。设计的扇形坐席,使得观众甚至可以听到演员轻微的叹息声和撕开纸片的声音。古希腊人在建筑上巧用声学原理的高超水平令人赞叹

阿迪库斯音乐厅

触摸爱琴海之珠：希腊

从古音乐厅远眺卫城

离古音乐厅不远的一处残庙

不已。当今以擅长电子音乐而闻名的音乐家雅尼，就多次在阿迪库斯音乐厅演奏。雅尼也曾经来到中国以紫禁城为背景进行过演出，并引以为豪。

最初阿迪库斯音乐厅是可容纳 5000 多人的剧场，主要供古希腊悲剧作家如索佛克里斯和尤里彼德斯演出他们的作品。剧场曾历经无数兴衰，公元 267 年受到外来入侵时，一场大火将原有的西洋杉屋顶烧毁，在后代的古迹修复中，也没有再修复此屋顶。新修复的阿迪库斯音乐厅可容纳 6000 余人，是雅典节日集会的重要场所之一，现在还在不定时举办戏剧、音乐和舞蹈演出。

雅典艺术节每年 6—9 月在阿迪库斯音乐厅举办。雅典艺术节始于 1955 年，是希腊最大的艺术节，也是欧洲有一定影响和规模的艺术节。在雅典艺术节举办期间，阿迪库斯音乐厅举行的希腊当地艺术表演和国际艺术表演让观众大开眼界。

能够来阿迪库斯音乐厅开演唱会的，都是真正的世界顶级音乐家。1993 年，出生于希腊卡拉马塔的音乐家雅尼·赫里索马里斯在希腊雅典卫城举办了举世瞩目的音乐会——雅尼雅典卫城现场音乐会。音乐会由伦敦交响乐团参与管弦乐的演奏，和雅尼自己的乐队一起向世人献出了精彩的表演。这场精彩的世界级演出让雅尼一举成名。

闻名于世的雅尼出生在希腊南部一个很普通的家庭，8 岁时开始弹钢琴。童年的雅尼总是试图为电影配曲，看电影时他并不在意电影的故事情节，而是用脑子记下电影的配曲，回家后再用钢琴把它们弹出来，并逐步丰富旋律。雅尼总是不断地给每首曲子做出更好的改善，然后给这些曲子取新的名字。1972 年，在其父母的鼓励下，雅尼离开希腊，奔赴美国开始他的新生活。雅尼最初的理想是成为一名临床心理学家。在 18 岁那年，他被明尼苏达大学接收，正式移居美国并主修心理学，大学的几年里，他开始运用电子合成器和钢琴来做出新的音乐效果。毕业后，雅尼最终还是选择了他钟爱的音乐事业。

除了雅典卫城，雅尼还先后在英国伦敦皇家艾伯音乐厅、印度泰姬陵、中国紫禁城等世界名胜古迹举办音乐会，并获得了巨大成功。他洋溢着魅力和感染力的音乐，令无数人如痴如醉，充分领略了新世纪音乐的美妙。

中国人在希腊

我们来到一家名为"亚洲美食城"的中餐馆,老板是位来自浙江的女士,她居然是定居在荷兰,又辗转来希腊开餐馆的。浙江人真的是四海为家,哪里有商机就追到哪里。

欧洲的华人数浙江,浙江的华人数青田,在希腊也是一样。

20年前,在希腊生活的华人数目很少,当地人只能从屈指可数的电视节目中了解中国,大部分希腊人对中国的印象还停留在毛泽东时代。21世纪初,大规模的中国移民开始涌入希腊。不过,相比于英国、美国等老牌华人迁入国,希腊华人的历史显然短得多,这些中国移民显得更年轻。他们大多是其他欧洲国家老华侨的第二代子女,身处目前经济全球化的竞争环境中,在新的国度为自己的事业而奋斗。

希腊华人多来自中国浙江、福建等地,以经营纺织品、日用杂品、中国小商品批发业务为主。2001年,希腊依照议会决定实施了一次大赦,一些非法移民获得了合法身份,由此使得华人数量剧增。据统计,大赦之前在希腊的华人数量不超过5千,大赦之后,人数增加到了1万。华人批发行、服装店、餐馆等,如雨后春笋般出现在首都雅典以及爱琴海诸岛的每个角落。目前,居住在希腊的华人总数接近2万,虽然还不到希腊移民总数的1%,但他们为希腊各级政府提供了有力税源,为中低收入的希腊平民提供了优质廉价的日用消费品,并受到希腊政府的多次肯定。

希腊人喜欢吃中国菜,故中餐馆在希腊大行其道,颇受欢迎。自从第一家中餐馆入驻希腊以来,到现在已接近40年。据不完全统计,目前希腊中餐馆的数量近300家,其中规模较大的有中华饭店、金凤凰餐厅、张园大饭店、北京楼饭店和龙宫饭店等。在希腊首都雅典,就有大大小小的中国饭店上百家。他们

希腊中餐馆不失中国范儿　　　　　　　　　雅典批发中国货集中的街区

分布在希腊的各大城市和岛屿之间，在爱琴海水的倒映之下，显得别有一番风味。由于华人数量的递增和希腊当地民众以及游客对中餐的需求日益增多，希腊中餐馆的发展在近几年十分迅速，而且经营的特色越来越多，一些餐馆特地从中国引进了卡拉OK设备，让前来就餐的华人可以轻松享受国内的饮食气氛。

  当前，处于欧债危机的风暴眼，希腊华商的处境十分艰难。雅典华人贸易区的房东纷纷主动降低房租，店铺、仓库平均房价降低30%以上，民宅房费降低幅度更大。尽管如此，商铺转让仍无人问津，很多华人都正在考虑转行或离开希腊。因为受经济危机影响，希腊的社会购买力骤减，华商已经无利可图，商品积压非常严重。同时，欧元贬值也为希腊的华人批发商带来前所未有的冲击。所幸的是，除了感慨时运不佳，多数华人还是在千方百计地想办法。他们到国内找项目，反向出口希腊产品，向高水准同行学习，尽管每一步都走得很艰难，但坚决不愿坐以待毙。

  几十年前，华人初闯荡爱琴海，现如今，已在当地形成了颇具名气的"唐人街"。希腊华人走过了几十年的风雨历程，这其间的欣慰与感叹自然也是不一而足。伴着风声雨声成长的希腊华人，应该能在越来越辉煌的发展之路上走得更远。

  在雅典的"中国城"批发市场附近，可以看到很多华人聚居经商之所。我

们与他们攀谈，他们都很热情。说到国籍问题，这些在希腊打拼了一二十年的华人并没有多少人加入希腊国籍。原因很多，其中一条是我们没想到的，因为根据希腊法律，所有 42 岁以下的公民都要服兵役，如果不服役便会遭到起诉。中国人对此比较介意，何必远涉重洋到这里来当兵呢，还是保持中国国籍，从文或经商。

随处挖出地下文物

俗话说"昨天已经古老"，而希腊的昨天却以多种形态仍在生存，好像活在眼前，所以我在希腊行走时，时刻都有一种超越时空的感觉。

希腊是一个具有神话色彩的国度，创造了许多脍炙人口的神话，成为西方文学创作的不竭源泉。希腊人创造的辉煌文明，为后人留下了很多宝贵的财富。这个国家具有悠久的文化遗产保护历史和传统，各遗址管理部门十分重视文物

六尊女神像中有一件的原件在英国

保护的基础研究工作，而且在保护中遵循保护文物真实性、完整性的原则，最大限度地保存历史信息。

希腊的博物馆多，而且不少博物馆是露天的，因为那些文物的体积太大，不可能搬入室内。

希腊还有很多文物流落于外国。卫城神庙的6座女神浮雕，至今仍有一座流落英国，未能归回。

还有一些文物具备残缺之美。我曾看到一根倒下的巨大石头立柱，这柱子原本居然是像磨盘一样，一个一个叠加起来的，倒下之后，反而像一根巨大的龙骨，别有一番遗韵。

考古工作者发现了众多的希腊古代遗址，在这些遗址中，最为有名的当属雅典卫城。卫城，希腊语称之为"阿克罗波利斯"，意思为"高丘上的城邦"。雅典公民在希波战争的卫城废墟上重建了卫城，其外观和内部设计在当时都是首屈一指的。如今，雅典人在考古遗址上建立了新卫城博物馆，卫城山各神庙出土的文物都保存在这里。博物馆的设计主旨是怎样更好地向外界展示博物馆的"镇馆之宝"——帕特农神庙外墙浮雕，并使新馆与帕特农神庙等卫城众多古迹融为一体。

新卫城博物馆最引人注目的地方是外部的玻璃走廊。站在卫城博物馆里，透过大扇玻璃窗，向北眺望是历经千年风雨的卫城，往南则是由密密麻麻的建筑组成的雅典城区。置身其中，有种时空交错的感觉。博物馆展柜是玻璃的，地板是玻璃的，就连外墙也是玻璃的，整栋建筑就像是一个玻璃盒子。在自然光线的照射下观赏这些文物，可以更好地体会它们在数千年前的状态。

这些考古遗址能够很好地保存下来，得益于希腊人对文物工作的高度重视。希腊的文物保护工作由希腊文化与旅游部负责，主要研究遗址保护、博物馆展陈以及监管非法建设项目，参与国际文物保护交流与合作，指导地方的文物保护工作，制定文物保护和管理政策等。希腊在1975年颁布了建筑文化遗产保护法。20世纪80年代后，希腊法令规定，城市规划中必须包括对古遗址、古建筑等文物的保护内容。政府不但对历史古迹本身严格保护，而且对遗址周围的环境也实施了保护管理。遗址周边有居住区和商业街的，虽然内部设施都经过了改造，

触摸爱琴海之珠：希腊

从雅典地下挖出的文物

但外表仍保持着传统风貌，与遗址环境十分协调。

希腊文化遗产保护的特点之一，就是尽量避免商业介入。走在希腊的街道上，见不到高大的建筑，新建筑也很少，除了一些标志性的大型公共建筑，如火车站、博物馆、音乐厅和教堂等。单看每一个建筑、每一条街，都显得古朴、庄重。对于建设工程中发现的规模较小的遗址，希腊人通常的办法是请专家鉴定、做好标识后再转移这些文物，并进行妥善保管。如果遇到大遗址群，则一定要为工程改道或另选新址。对于一个文物众多的古国来说，为了让大型文物挖掘之后能得到有效的保护，这种做法不失为一种理性的选择。

建在地下发掘现场之上的博物馆

高新技术的应用,给希腊文物保护提供了更好的手段。我们在新卫城博物馆里看到,那些经岁月风化而发黄变黑的雕像,经过激光光束一毫米一毫米地扫描,随即变得回到了原始的米黄色,真有一种巧夺天工的感觉。还有许多残缺的文物和屋宇,经过计算机复原,把恢弘的原貌展示出来,使时间一下跨越了千年,让人惊叹希腊先民的智慧与勤奋。

环保带来天蓝水碧

不是夸张,站在爱琴海边看海水,可以看到至少几丈以下的深度;不是矫情,抬头观看伯罗奔尼撒的天空,能够找到雾霾算你的本事。

蓝天、白云、碧水,这是爱琴海在世人心中的印象。爱琴海是地中海的一部分,位于希腊半岛和小亚细亚半岛之间。海岸线非常曲折,港湾众多,岛屿星罗棋布。相邻岛屿之间的距离很短,站在一个岛上,可以把对面的海岛看得清清楚楚。希腊有绵延近16000公里,相当于赤道五分之二长度的海岸线,其多元化的地理地貌和拥有丰富生物种类的自然环境,赋予了希腊独特的魅力。爱琴海边的海岸线美丽绝伦,平静的海滩边大量覆盖着金黄色的砂砾,海水如水晶般闪亮。大小不一的泻湖,风沙吹积形成的沙丘,鳞次栉比的沙滩,大片的水草和美丽异常的珊瑚,共同形成了希腊美丽的自然环境。

身处爱琴海边的希腊有着典型的地中海气候。它的主要特征是寒冷月份雨季较短,暖热月份旱季较长,还有山脉和内陆海交替导致的多种小气候。希腊的地形影响了与地中海旋风干扰有关的冬季降雨。这些降雨常常以猛烈的倾盆大雨形式出现,这也造成了土壤侵蚀。受到亚速尔群岛的东移高压影响,夏季干旱平均持续4个月,与冬季形成了强烈反差。

近年来,希腊环境受到来自迅速增长的交通、工业和旅游发展以及工程建设日益增加的压力的影响。希腊的大气、土地和水环境的质量已经证实了这一

雅典的天格外澄净

低碳的有轨电车与汽车肩并肩行驶

现实情况。希腊的环境专家认为，改善城市环境的关键，是要最大限度地治理空气污染的源头。于是，环保意识很强的希腊人想出了很多办法，让他们的环境条件能达到欧盟的有关标准。

在希腊全国，40%的汽车都集中在雅典，排放出的烟尘、二氧化碳、一氧化硫等污染物对空气的污染一度非常严重。环保部门在雅典商业中心开辟了禁车区，白天禁止私人汽车和出租车进入。在交通方面，环保部门的思路是，增加和改进公共交通设施，最大限度地限制和减少私人汽车的使用。1908年，雅典曾建设过有轨电车系统，但由于服役时间长，设备老化，有轨电车系统在1960年被弃用。2001年，雅典开始重修有轨电车线路。这条形似英文字母"T"的有轨电车线路总长26公里，每天24小时不间断运转，将雅典市区与南部海滨区连接起来。

2004年雅典奥运会期间，希腊政府承诺要办一届环保的奥运。当时选择重修有轨电车时，因为拆迁困难，工期面临拖延。为争取时间，希腊政府决定不占或少占民居，为此，一些地段的有轨电车车轨，居然铺在了原来城市街道的正中央。就是这么紧凑的地方，希腊市政当局也在电车轨道两边，见缝插针地种上了绿草，连接成狭长的草坪带，成为城市景观。

环保部门还规定，污染严重、改造代价太高的工业企业必须逐步搬出雅典。这就迫使那些企业增加治理污染方面的投资，以实现在节能减排情况下的发展生产。政府甚至下令，特殊情况下可临时下达限产减产的命令。

相对于旅游业发达的雅典，希腊中部并没有受大规模旅游的影响。这里有大片的松林、河流和峡谷，十分适合冬季滑雪的山坡到春夏变身为碧绿的山野。小村庄里的各种客栈和酒店景色宜人，气氛休闲自在。希腊人的环保意识，保护了原生态的美景，让人在大自然的风光中亲身体验当地的生活，感受这里的民风、饮食、文化和古希腊的文明。

希腊的环保，也带来了农业上的收益。这里出产的橄榄油以及海洋水产品，以品质优良而畅销欧洲市场。一个小小的艾依娜岛，就能出产产量占世界第8位的优质开心果，价格更是卖到世界第一高。这也是坚持多年环保，带来植物生长环境优良的结果。

II

西班牙
The Kingdom of Spain

近观地中海之星：西班牙

古老又现代的马德里

来到马德里时,正是夏天,但这里的妇女没一个人打遮阳伞,全都裸着双肩,让太阳晒个够。马德里人的黧黑皮肤,是跳弗拉明戈舞的绝配。

马德里,这座今天的旅行者眼中的摩登都市,拥有着悠久的历史,这恰恰是它最引人入胜的地方。它最早的居民出现在曼萨雷斯河岸边,但直到公元9世纪,穆罕默德一世征服了这里,马德里才慢慢地发展成现在的样子。

走在西班牙的土地上,你有一种历史厚重感。它是一个大国,从地中海到大西洋,辽阔的土地上孕育了具有世界影响的文化。

在13世纪初,马德里就拥有了第一部管理城市的法律。18世纪在任的卡洛斯三世对国家进行了改革,整个国家的政治、经济、文化都有了显著的变化,城市的基础设施建设也有了一定的发展。1788年,由建筑师萨巴蒂尼设计的阿尔卡拉门是马德里现存的一个古老城门,就是为了纪念卡洛斯三世,他被誉为"马德里最杰出的市长"。

不同历史时期,拥有不同的历史文化,使得马德里的建筑呈现着多元化。漫步在马德里的街头,我们可以看到阿拉伯的古城墙、哥特式教堂以及文艺复兴时期的建筑。

阿拉伯人建设的城堡大多已经消失在历史的尘埃中,但是他们的功劳是打造了马德里城市面貌的雏形。随着时间的流逝,这种深远的影响并不会褪色。

在16世纪统治西班牙的奥地利哈布斯堡家族,建造了不少恢弘的宫殿和广场,其中的杰出代表是马约尔广场。它是一个四方形的广场,长和宽分别是128米和94米,但遗憾的是,我们今天看见白广场并非当时兴建的。在历史长河中,马约尔广场经历了3次火灾,直到20世纪60年代才复建成今天的样子。阿尔卡拉门则是17世纪新古典主义风格的代表,同样风格的建筑还有普拉多博物馆和

中世纪建筑遍布马德里

马德里的欧洲之门大厦和千禧柱

马德里的中世纪广场

圣弗朗西斯科大教堂。

马德里的时尚也是惊人的,尤其令人惊异的是,它有一些在全世界也可以称得上奇特的建筑。提到马德里的建筑,Puerta de Europa(欧洲之门)是一个绕不过去的话题。坐落在卡斯蒂略大道上的"欧洲之门",是由两栋一模一样的高115米的大厦组成的,两座大厦向彼此倾斜15度,就好像是没有封顶的拱门。由于历史的渊源,北非和南美的居民前往欧洲一般都通过西班牙,这栋被誉为"世纪十大怪异建筑"的"欧洲之门"更是赋予西班牙马德里为欧洲门路的现实意义。

"欧洲之门"的设计出自美国著名的建筑师约翰·布奇和菲利普·约翰逊之手。约翰逊主张建筑设计应该消除直角,因此构想出这样的倾斜大厦。

"欧洲之门"是一个可供租用的5A级的写字楼,高速电梯、智能温控系统、智能通讯系统以及先进的中央控制室保持大楼的运转,每一层楼也有一个次级的控制系统,可以不受其他楼层的故障影响,独立运行,这一切都为用户提供着超一流的办公条件和工作感受。大厦的楼顶是一个直升机停机坪,这进一步提高了"欧洲之门"的档次。两幢大楼的中央控制室是相连的,一边有故障,另一边可以替代工作,这样能在最大限度下保持大楼的正常运转。

在"欧洲之门"前的街心广场上,马德里人为了迎接21世纪的到来,专门修建了一个如同金色擎天柱一般的标志物,人们称之为"千禧柱"。从远处望过去,两扇倾斜的"欧洲之门",拱卫着高耸入云的"千禧柱",这也是世界独一份的建筑绝配。

中国人与西班牙议员的对话

我们来到马德里市议会。

议会每年夏天都会休假,9月初刚好恢复上班。作为首都的马德里市议会大厦,安检是很严的,除了要过安检门以外,来访者都要在手臂上贴一张不干胶贴,

以备随时辨识。

议会制度的起源和发展是一个历史进程,西班牙的议会制度最早可以追溯到12世纪,在遇到重大事情的时候,伊比利亚半岛各王国会举行大会进行商讨,1188年举行的莱昂王国会议被公认是中世纪欧洲民众参与议会的历史开端。

第二共和国时期(1931—1939)西班牙出现了近现代意义上的议会。在5万人中选出一名代表组成会议,然后由这些代表在议会上代表人民行使权力,比如说行使监督政府、废除国家元首的权力。但是在佛朗哥独裁期间,议会制度的民主程度出现了一定的倒退,仅仅是咨政、建议权等,没有了反对权。

佛朗哥去世后,1975年,经西班牙议会批准为国家元首的卡洛斯正式上任。他毕其一生所做的事情就是将西班牙从一个专制体制转变成为君主立宪的民主体制。他制定了政治改革法。他在任期间,议会由参议院和众议院组成,拥有立法、监督、审议的权力,反对派也能够充分发表自己的意见,这被所有人视为20世纪的一个奇迹。

在马德里市议会,我们见到了议员卡多娅女士,她在议会党团的办公室里,与助手一道会见了我们。她属于西班牙共产党,是议会里的少数党。"西共"成立于1920年4月15日,同年7月参加共产国际。1921年与从西班牙工人社会党分裂出来的西班牙工人共产党合并后改为现称。

直到1936年内战爆发时,西班牙共产党还不是具有执政力量的大党。内战

马德里市议员与湖北省人大代表团交流

市议会门卫的帽子很有趣

马德里市议会大厅

的险恶局势使得西班牙共产党迅速崛起,成为西班牙左翼政治力量中首屈一指的大党。

卡多娅女士很直爽,她说在议会里共产党属反对党,每次开会都要与执政党发生激烈争执,主要是围绕在一些经济政策上。她代表的是中下层市民的利益,但是常常被忽视,特别是在教育与医疗这两大经济问题的焦点上。近年来西班牙政府趋向于收缩公办教育与公费医疗部分,代之以私营,并且要求中小学生的文具与书本要自付一半费用,这引起下层民众很大不满,共产党议员为之代言,但在议会里投票时总是得不到多数。

1973年,中国与西班牙建交后,两国关系发展顺利,尤其是近年来,正朝着健康、稳定的方向前进。2005年,两国建立全面战略伙伴关系。北京奥运会、残奥会期间,西班牙王后、王储等王室成员以及多名政要来华出席开、闭幕式并观看赛事。2013年7月,众议长波萨达访华。政府高层的互访不断,加强了两国之间的了解和政治互信。

两国政府在一些重大国际问题上有共识,西班牙支持中国政府在台湾问题上的原则立场,两国都反对霸权主义,也都为世界多极化发展做着努力。

进入21世纪以来,双边的经济贸易关系不断加强,中国已经成为西班牙的第三大进口国。经济的发展总是互惠的,中国到西班牙旅游的人数是逐年上升,这带动了西班牙当地的经济和就业情况,西班牙官方还计划到2020年前让中国游客的数量增至每年100万。

我们来到圆形的议会大厅,一层层的座位呈梯形排列,在第一层还有若干用玻璃隔开的记者工作间。每一个座位都在探头的扫视之下。卡多娅女士说,议员很不好当,开会时哪怕打个呵欠,电视也会直播出去,所以不敢马虎。

眼见斗牛场的变迁

站在马德里最大的红色斗牛场外,我为它的体量所震撼。虽然这一天没有斗牛活动,但那震天的嘶叫声似乎就在耳边。

西班牙,斗牛士,是两个紧密联系在一起的名字,以至于我们提到西班牙国家足球队的时候,也说成是西班牙斗牛士。

斗牛,风靡西班牙,也是西班牙在世界上的一张名片。作为西班牙的国粹,斗牛有着源远流长的历史,可追溯到2000多年前。最早它是西班牙古代的一种宗教活动,将野牛作为捕获的对象进行击杀之后,作为祭品,供奉神仙,直到13世纪,当时的国王阿方索十世才开始将这种祭神活动演变为赛牛表演。在18世纪,第一个永久性的斗牛场出现了,就这样,斗牛活动慢慢地成为了一种西班牙人喜闻乐见的活动。

我们围着马德里斗牛场的外沿行走。只见青铜做成的各种与斗牛有关的雕塑分布于其间,既有优雅的斗牛士手持帽子致意的雕像,也有把几十匹铜牛固定在红墙之上形成的立体的奔牛阵。

群牛奔腾

马德里斗牛场

马德里斗牛雕塑

每年的3月到10月是西班牙的斗牛季节，在此期间，周四和周日都会各安排两场斗牛表演，如果是重大节日，就会增强斗牛表演的场次。

斗牛士被认为是勇敢的象征，老百姓认为斗牛士拥有高雅、勇敢的灵魂，与此同时，斗牛士还将技术和勇敢完美地结合在一起，正可谓是有勇有谋。在西班牙社会中，斗牛士拥有较高的社会地位，备受尊重和爱戴。

斗牛场面壮观，格斗惊心动魄，富有强烈的刺激性。海明威这样描述过他深爱的斗牛文化："生活与斗牛差不多，不是你战胜牛，就是牛挑死你。"由此可见斗牛表演的刺激性之高，甚至会给斗牛士带来生命危险。在一年的马德里狂欢节上，30岁的西班牙斗牛士伊斯拉埃尔·兰乔的胸部被牛角扎出约20厘米的口子，当时数万人目睹了这个场面，万幸的是，这一下并没有夺取兰乔年轻的生命。

西班牙圣伊西德罗斗牛节，每年吸引了数十万名斗牛爱好者前往观看，也给马德里的旅游带来了可观的收入。但是2014年这项活动第一次被迫停赛，原因是一头愤怒的公牛连续挑翻三名经验丰富的斗牛士，其中一人重伤，为此，组织方不得不作出了停赛的决定，这是35年来的第一次。

一个人和一头牛的较量，最终以人将剑插入牛心脏告终。这样的活动也引起了一些动物保护者的反对，认为这样的场面过于血腥，并且对牛太残忍。西班牙《国家报》在2010年曾发起调查，结果显示大约有60%西班牙人反对这种血腥的表演，加泰罗尼亚地区、加那利群岛已经先后停止了斗牛运动。

斗牛活动几十年前在加泰罗尼亚地区颇为盛行，仅在巴塞罗那市就有3个斗牛场。但随着反对斗牛呼声高涨，加泰罗尼亚地区就仅剩巴塞罗那市内一处斗牛场，且每年仅举行15场斗牛表演。相比西班牙全国每季1000多场斗牛表演，斗牛在加泰罗尼亚地区已陷入萧条。现如今，西班牙加泰罗尼亚地区正式立法禁止斗牛。

我们在巴塞罗那的市中心看到，原有那座宏伟的斗牛场，现在已经进行了彻底的改造，不仅把露天部分加上了盖子，而且还在外墙部分加挂了电梯。整个斗牛场已脱胎换骨，成为了一个现代的购物和娱乐中心。

巴塞罗那停用的斗牛场已改为商场

百年持续建设的教堂奇观

要说西班牙的国宝级建筑，首推圣家堂。因为参观者众多，为了进入这个教堂，来自世界各地的人要耐心地排队1小时以上。

圣家族教堂，简称"圣家堂"，位于巴塞罗那市中心，具有典型的加泰罗尼亚现代主义风格，是建筑天才高迪的代表作，也是巴塞罗那最具标志性的建筑，更是西班牙的国宝。

教堂始建于1882年，是由一个叫做约瑟芬崇敬会的组织发起的，目的是建造一座可以让颓废的人们向神祈祷和求得宽恕的赎罪堂。这座教堂现已建设130多年，尽管在巴塞罗那市民的要求下，政府决定加大力度修建，但考虑到建筑的难度以及从开建到现在一直困扰着的资金问题，修建进度仍然缓慢。因为圣家族教堂的建设资金主要来源于门票收入和企业及信徒的捐款，所以一直都是有资金就建，没资金就停。保守估计竣工时间是2050年，最乐观的估计也得到2026年。

  建筑初期的设计师是佛朗西斯科，但开工不久，设计师与崇敬会产生矛盾，撂了挑子。于是，1883年由年仅31岁的高迪接手成为总建筑设计师。高迪接手后，开始重新修改、设计、建造，兢兢业业，直到43年后，他因车祸身亡。在这四十几年的时间里，高迪除了设计图稿和建造模型外，还亲自监督完成教堂后半殿的半圆形拱顶室和耶稣诞生门。不过高迪的离去，并没有打断教堂的后续建造。继任者们依靠着高迪留下的设计稿和模型——尽管一部分在内战中被毁——直到今天，一直都在继续建造。现在为了纪念高迪的伟大，圣家族教堂中已建立了一间小型的博物馆，里面陈列着高迪的照片、生平介绍及部分建筑

森林般的教堂内部结构

神圣家族大教堂

设计图样和模型，供游客凭吊追忆。

圣家族教堂很高，设计有170米。高迪为教堂圣殿设计了三个宏伟的正门，每个门上方安置四座尖塔，现已建成两个门（圣诞门和受难门）和八座尖塔。漫步在巴塞罗那的街头，无论身处何方，抬起头来，远远望去，这座气势宏伟、带有浓重的象征主义风格的天主教堂，就会映入你的眼帘。

信奉"直线属于人类，曲线属于上帝"的高迪，将大教堂设计得完全没有直线和平面，主要以螺形、锥形、双曲线、抛物线的各种变化组合成充满韵律感的神圣建筑。整个教堂外墙面线条简洁利落，《圣经》中的故事雕刻精美而独特，不论是十字架上的耶稣，还是根据《圣经》创作的主题雕塑，都给人很强的视觉冲击力。在教堂的三个立面，布满了描述《圣经》场景的浮雕，即耶稣基督的诞生、受难和复活，代表着耶稣神性的三个方面。墙面主要是以当地的动植物形象作为装饰，正面的三道门采用了高迪惯用的彩色瓷片。按照高迪的设计，圣家堂共规划了18座尖塔，其中最高的是中央170米高的代表耶稣基督的塔，在其周围将环绕4座130米高、代表《圣经》四福音书作者的大塔楼。另有12座塔象征12使徒，还有1座塔象征圣母。现在我们能看到的这8座高耸的尖塔，最高只有100多米，是总数18座尖塔里面比较矮的几座。

圣家族教堂是世界上最富传奇色彩的建筑之一。不仅因其自身建设的精美独特，也不仅因其是建筑大师高迪的杰作，更是因为它饱经风霜和磨难，建设了100多年后依旧还在火热的修建之中。

我们去参观圣家族教堂时，整个教堂周围机器轰鸣，高高的塔顶上还布满了脚手架，地面上堆放着钢筋、水泥等建筑材料，载重卡车声、电焊声、电锯切割声、金属碰撞声，嘈嘈杂杂。但是，来自世界各地的游客却络绎不绝，游兴正酣。游客们不仅为其名气、优美而来，也是想一睹建设时间已达百多年却还在修建的过程，而这本身就已是一个伟大的世纪奇观。

高迪在自己的后半生里，把所有的时间完全投入了这个工程。圣家堂的结构之复杂，想象之奇特，工程之浩繁，都是寻常人难以想象的。它的存在，说明了人的创造力是无限的，无论多么艰难的工程，在天才和勤奋者面前，都是可以攻克的。

鬼才建筑师高迪

从进入西班牙那一刻起,耳边就不停地听到有人提起建筑师高迪。世界各国以绘画和戏剧等出名的艺术家多,而像高迪这样以建筑出名的很少。

那座外形像玉米棒子的圣家族大教堂,已经建了上百年,到现在还没完工,至少还要建几十年才可落成。就是这座未完工的教堂,却早已成为西班牙的国宝,同时也被联合国定为"世界文化遗产"。

高迪创造了独特的建筑艺术,巴塞罗那最知名的建筑物几乎都出自他的手。他曾说过:"直线属于人类,曲线属于上帝。"他被称作巴塞罗那建筑史上最前卫、最疯狂的建筑艺术家。

西班牙建筑奇才高迪

高迪出生在一个世代做铁匠的家庭,祖父辈每天敲敲打打的声音,熏陶了他对空间结构的感知能力。高迪的身体不好,很小就患上了风湿病,观察自然是他最大的乐趣,也许正是这一时期,为他日后大量的创造积累了素材。正如他所言,在他设计的作品中,都极力追求着自然形态美,几乎找不到一条纯粹的直线,那一条条充满张力的曲线是高迪最好的代言。直到现在,高迪的作品仍被世人奉为艺术品中的珍品。

我们与来自世界各地的游客一样,在圣家族大教堂之外耐心地排队等候了一小时,才得以进到教堂内参观。抬头望去,支撑教堂穹顶的柱子,好像森林的树枝一样自然和美观。你会在审视之时发出这样的感叹:如果不是鬼才,不

曲线是高迪建筑作品的特点

曲线造型的阳台出自高迪之手

近观地中海之星：西班牙

可能想出这么多点子，设计出具有神来之笔的建筑。

高迪终生未娶，除了工作，没有别的爱好和需求，圣家族大教堂是他最伟大的作品，他把一生中的 43 年都奉献在那里，1925 年甚至搬到教堂的工地去住，全心全意研究教堂的结构设计。1926 年 6 月 7 日的下午，高迪完成当天的工作从圣家族教堂到市中心的教堂做礼拜，被一辆电车撞倒，当时他衣衫破旧，路人以为是流浪汉，把他送到圣十字医院。三天后，他伤重去世了，大家才发现流浪汉竟是高迪，便为他举行了很隆重的葬礼，送葬的队伍从圣十字医院一直延伸到了圣家族大教堂，人们把他安葬在他未完成的圣家族大教堂地下。

围绕圣家族教堂曾有过许多争论。有人取笑它只不过是"一堆石头"，也有人赞叹它是"能够让人狂喜心碎的建筑"。如今这座未完成的教堂已成为建筑爱好者的朝圣地，也是去巴塞罗那的游客不会忽略的景点，已被列为"世界文化遗产"。

这是一座宏伟的天主教教堂，整体设计以大自然诸如洞穴、山脉、花草动物为灵感。高迪自 1883 年开始主持该工程，直至 1926 年去世。在生前的最后 12 年里，他完全谢绝了其他工程，专心致志于这一建筑。这是他一生中最主要的作品、最伟大的建筑，也可以说是他心血的结晶、荣誉的象征。

高迪携带他的那份理想和执着走了，给我们留下的是一个未完成的奇迹。没有人知晓这座教堂什么时候完工，这座教堂或许会无尽头地建下去，或许这

这座大型公寓是高迪的又一曲线杰作

样才会变成永远，这或许才是高迪最初的心愿。高迪的离去，用生命证实了崇奉的勇气，他用所有经验去奉告世俗、宗教，荡涤魂灵的罪恶，超脱凡尘，才能升入天国。

一座未完工的建筑，一个永远不会被人忘却的伟大的西班牙人。

走近足球豪门皇马

我来到马德里时，朋友从中国打来电话说，一定要去皇马俱乐部的主场看一场球。如果没有比赛，哪怕到赛场去感受一下也好。

皇马有这么大的魅力么？当我来到皇马的主场伯纳乌时，看到这座宏大的建筑外形很时尚，外墙部分有明显的本队图案造型。我们这些东方来客一下车，许多头戴吉祥动物头套，造型夸张的足球宝贝就围过来，招徕游客与他们合影留念。

20世纪最伟大的球队、20世纪欧洲最佳俱乐部、10次欧洲冠军杯冠军、32次西班牙足球甲级联赛冠军，这些荣誉只属于一个俱乐部，那就是皇家马德里。

皇马主场伯纳乌外景

近观地中海之星：西班牙

100多年前，足球运动逐渐在欧洲大陆开始普及，西班牙国内的政治也开始稳定起来。这个时候，一个名叫卡洛斯·帕德罗斯的球迷想在马德里推广足球，数年后，经过马德里政府的批准，一家全新的足球俱乐部诞生了。

此时，没人想到，它将会影响世界足坛的版图。1920年，它被冠以"皇家"的称号，为球队增添了几份贵族气息。

皇马是现今欧洲乃至世界足坛最成功的俱乐部。2000年12月11日，它被国际足球联合会（FIFA）评为"20世纪最伟大的球队"；2009年9月10日被国际足球历史和统计联合会评为"20世纪欧洲最佳俱乐部"。

可爱的皇马球迷

提起皇马，就不得不谈到它的主场伯纳乌球场。

伯纳乌球场全称为圣地亚哥·伯纳乌体育场。伯纳乌是一个人名，他曾经担任皇家马德里足球俱乐部的主席长达35年，带领皇家马德里拿下了6座欧洲冠军杯。作为俱乐部的标志人物，他主持修建了体育场，而这座体育场也由他得名。

伯纳乌球场可容纳80354名观众，是世界著名的足球场之一。这个足球场承载着无数足球运动员和球迷的梦想，也见证过无数经典的历史镜头。2013年度国际足球联合会金球奖获得者克里斯蒂亚诺·罗纳尔多就曾经表示："大家都有梦想，我的梦想就是到皇马踢球。"斯蒂法诺、齐达内、菲戈、罗纳尔多、贝克汉姆等巨星，都曾经在这个球场上，穿着皇马著名的白色主场球衣打拼过。球场如今位于西班牙首都马德里繁华的金融区的中心，当初建造球场时，这里还是一片郊区。当时许多人都认为8万人的容量简直是疯了，但是建造者的赌注很快就实现了价值。

说起皇家马德里俱乐部，就不得不说另外一支球队：巴塞罗那俱乐部。这两个都是世界顶级足球俱乐部，水平难分伯仲，但经营理念完全不同。巴萨注重后备力量培养,以自己培养出来的球星而自豪;皇马则是商业运作,以在全球招兵买马闻名。两个俱乐部得到世界各国球迷的喜爱,因此多年来,每次两队交锋,不仅俱乐部极为重视,连球迷都早在数天前就开始议论比赛。西班牙国家德比的号召力,堪比奥运会开幕式,可见西班牙足球的魅力。

在西班牙,足球不是一项简单的体育运动,它已悄然融入西班牙人的血液,人们对足球的热爱与忠诚就像是一种信仰,无法改变。如果你问一个人为什么是一个不知名球队的球迷时,他会骄傲地说:"因为我是这个城市出生的人。"

皇马的气场真是强烈,这次看不到比赛真遗憾,但总要留点什么纪念才好。于是,我买下一条皇马球队的蓝色围脖,那是每次比赛时场内球迷组成人浪的基本元素。

哥伦布指向大洋深处

在巴塞罗那,我们遇到了一场大雨。

地中海边的绿树被洗得格外苍翠,在这层层绿意环绕之中,抬头可见一座高耸的圆塔,塔顶站立的青铜雕像是伟大的航海家哥伦布,雕像的手高高抬起,指向南美洲的方向。

哥伦布生于意大利,卒于西班牙。他一生从事航海活动,先后移居葡萄牙和西班牙。哥伦布相信地球圆形说,认为从欧洲西航可达东方的印度。从1492年到1502年,哥伦布曾经先后四次出海远航,穿过茫茫的大西洋,到达了美洲。不过直到1506年逝世,哥伦布都认为自己到达的是印度,而不是"新大陆"。可能更令他想不到的是,他的发现拯救了刚刚兴起的欧洲,也给其他洲带来了历史苦难。

哥伦布的远航是大航海时代的开端。新航路的开辟改变了世界历史的进程。它开创了在新大陆开发和殖民的新纪元。当时欧洲人口正在膨胀,有了这一发现,

欧洲人就有了可以定居的两个新大陆，就有了能使欧洲经济发生改观的矿藏资源和原材料。

这一发现，导致了美国印第安文明的衰落。从长远的观点来看，还致使西半球上出现了一些新的国家。这些国家与曾在该地区定居的各个印第安部落截然不同，它们极大地影响着旧大陆的各个国家。它使海外贸易的路线由地中海转移到大西洋沿岸。从那以后，西方终于走出了中世纪的黑暗，开始以不可阻挡之势崛起于世界，并在之后的几个世纪中，成就海上霸业。一种全新的工业文明成为世界经济发展的主流。

西班牙首先在加勒比海沿岸设立了根据点，并且逐步地向美洲内陆发展。新大陆无法抵挡欧洲文明的冲击，而且西班牙人的探险活动伴随着血腥的军事征服。在随后的三十年，西班牙相继控制了古巴岛以及征服了阿兹特克洛帝国。

随航海家进入美洲的还有基督教
图为西班牙艺术家创作的耶稣受难像

哥伦布雕像手指美洲

对黄金有着极大渴求的西班牙人,并没有在新大陆上发现黄金资源,但是他们发现了大量的白银资源。自此,西班牙人的财宝船将白银源源不断地运往欧洲,对西班牙完成资本主义的原始积累起到了极大的促进作用。

西班牙人在美洲获得巨额财富的同时,也给西属美洲的原住民带来了灾难,使他们受到了驱赶和屠杀。随着货船的往来,欧洲的病菌传到了这片土壤,更是引起了原住民的人口锐减。

极其恶劣的工作条件和高强度劳动,使得在矿场工作的印第安人大量地死去,为了填补劳动力的缺口,西班牙人从非洲引进了大量的黑人,作为奴隶在这里劳动,这无疑是一部血泪史。所以马克思说:"资本来到世间,从头到脚,每个毛孔都滴着血和肮脏的东西。"

西班牙语的普及,是殖民统治的一个意外结果。我曾去过南美洲,除了巴西之外,南美几十个国家全都是讲西班牙语。这一点,可能是哥伦布在世时想不到的。站在高高圆塔上的那一尊哥伦布雕像,是在用西班牙语呼唤着远方么?

永远的塞万提斯

骑士斗风车,这玩笑中有深刻,西班牙是一个真正的幽默民族。

来到西班牙,经常想起令人发笑的小说人物堂·吉诃德。这个国家的幽默天性,也许是从他那里受到的触动,而且更为有趣和生动。

这部小说正是出于塞万提斯之手。被誉为"西班牙文学世界最伟大作家"的塞万提斯,作品独特,擅长讽刺。一部《堂·吉诃德》使得他闻名于世,雨果曾经这样评价他:"塞万提斯的创作是如此的巧妙,可谓天衣无缝。"

《堂·吉诃德》被誉为文学史上的第一部现代小说,尽管塞万提斯在序言中说"这部书只不过是对于骑士文学的一种讽刺",但是实际效果却远远超出了这一点,他用喜剧的手法去描写一个悲剧的形象,全面地批判了该时期的西

马德里市中心的塞万提斯纪念碑

班牙政治和文化。

小说通过堂·吉诃德的游侠冒险，描绘了16世纪末、17世纪初西班牙社会广阔的生活画面，展示了封建统治的黑暗和腐朽，具有鲜明的人文主义倾向，表现了强烈的人道主义精神。至今，已用100多种文字译成数百种译本。

作者将堂·吉诃德性格中内在的矛盾和悲剧因素用喜剧的形式表现出来，使情理之中的悲剧结果在意料之外的喜剧状态中逐步完成。这种悲剧的喜剧效应是塞万提斯小说艺术的一个重要特点。

塞万提斯的其他作品虽各具特色，但较之《堂·吉诃德》则稍为逊色。其中《努曼西亚》是一部悲剧；《惩恶扬善故事集》是西班牙最早的短篇小说集之一，收入各种训诫小说12篇，从不同的角度反映了当时西班牙的市民生活；《八出喜剧和八出幕间短剧》也大多以西班牙市民生活为题材，所采用的是黄金世纪流行的戏剧形式；《贝雪莱斯和西吉斯蒙达历险记》是在作者病重期间完成的，写的是北欧两小国王储的爱情历险故事。

2007年5月22日，西班牙评选"历史上最重要的西班牙人"，塞万提斯名列第2位。

2013年，西班牙发行了塞万提斯纪念银币，该币为"欧洲之星"纪念币计划之一，由西班牙皇家造币厂铸造，为西班牙法定货币。该币为圆形精制银币，净重27克，成色92.5%，直径40毫米，面额10欧元，限量铸造10000枚。其正面图案为国王胡安·卡洛斯一世的肖像，环刊西班牙语"胡安·卡洛斯一世"和国名"西班牙"及发行年份"2013"字样；背面图案为塞万提斯执笔奋书造像，背景饰以其小说《堂·吉诃德》主角堂·吉诃德和桑丘·潘沙的小说场景，环刊西班牙语"塞万提斯"全名及面额。

我们怀着一种向往之情，来到马德里的西班牙广场，中央的塞万提斯纪念碑正面有塞万提斯手拿《堂·吉诃德》手稿的大理石坐像，雕像中的披风巧妙地掩饰了塞万提斯左臂的残疾。坐像脚下是骑马持枪的堂·吉诃德以及紧随其后的仆人桑丘的铜像。纪念碑的四周还有一些反映书中场景的雕塑，背面中央位置则是堂·吉诃德的梦中情人的坐像。在青翠的绿树环抱之下，中央喷泉喷起的水柱格外晶莹，可笑又可爱的桑丘身上，披上了一层水雾，更显其落魄和憨直。

塞万提斯的一生极为坎坷,早年当兵抗击土耳其舰队并落下残疾,受到国王表彰的他不但没有飞黄腾达反而被海盗长期扣押为"肉票",被赎回后依然是穷困潦倒。正是这样屡受挫折的人生才造就了他和他的不朽之作。

在几年前由诺贝尔评选机构组织的一次评选中,《堂·吉诃德》击败莎士比亚和托尔斯泰等世界文豪的作品夺得了"世界最佳小说"的称号,塞万提斯和他笔下的堂·吉诃德当之无愧拥有这样一座纪念碑。

我们站在塞万提斯像前留影,仿佛听到他穿越历史的脚步。

堂·吉诃德群像

正逢马德里申办奥运

2013年9月我们来到西班牙时，作为奥运会申办城市的马德里，正把目光投向阿根廷，那里正在举行2020年奥运会主办国的竞选。我们此时访问作为申办国之一的西班牙，必然会被它如火如荼的申奥活动所吸引。

9月6日，在马德里街头，投票的前夜并没有太多大型活动。但是，市政当局还是开辟了市中心一处十字路口，包括路口的街心公园，并把公交线全部改道，让出空间为申奥举行最后的造势。

西班牙王子罕见地露面，直接上阵拉票。

巴塞罗那队的灵魂人物梅西直接宣称，完全支持马德里申奥，并预祝成功。这为全体西班牙人所敬重。

据西班牙《国家报》报道，与日本民众对东京申奥的低支持率不同，高达91%的西班牙人支持马德里申奥。在经历了近5年经济大萧条的西班牙，从上到下都将奥运看作是"救命稻草"。据西班牙媒体估计，申奥成功可以为马德里创造150万个就业机会，奥运期间能带动500万至800万人到西班牙旅游。

这是马德里连续第三次申办夏季奥运会，此前他们在2012年和2016年夏季奥运会的申办过程中，先后败在伦敦和里约热内卢手下。为了抓住这次机会，马德里倾注了全部精力。

西班牙政府全力支持马德里，尽管这个国家正深陷严重的金融危机，失业率高达26%。鉴于西班牙经济3年来再度陷入衰退，马德里这次喊出"节俭办奥运"的口号。

西班牙首相拉霍伊也向国际奥委会考察团表示，马德里申办2020年奥运会所需的基础设施大部分已经竣工，他还强调在经济艰难时刻会控制好成本。

实际上，马德里举办奥运会万事俱备，只欠一个奥运村没有建设好。根据马德里市政府提交国际奥委会的场馆建设报告，马德里将在东北部远郊区建设一个奥运环区，奥运村和主体育场等奥运设施全部建在这个环区内。这个环区距离国际机场只有8公里，是所有申办城市中奥运村与机场相距最近的。

马德里市打出"无烟奥运"的王牌，承诺将在90%以上和奥运有关的场地禁烟。就连正在闹独立的加泰罗尼亚，也对马德里申奥表示支持。有网友在西班牙《今日报》留言说，巴塞罗那奥运会就是马德里申奥的一张证明，当年"射箭点火"的独特创意赢得世界赞誉，2020年西班牙人仍能带给世人惊喜。

1992年巴塞罗那奥运会是西班牙人永远值得骄傲的一届运动会。巴塞罗那是时任国际奥委会主席萨马兰奇的故乡，1992年奥运会与其说是萨马兰奇送给家乡的礼物，不如说是萨翁为自己诠释奥林匹克梦想的一届奥运会。

这一年，在经历了多年来欧洲和其他地区的政治变动风波之后，许多代表队出现或重新出现在世界体育舞台上。这使得1992年的奥运会具有深远的意义。成功的外交成果令萨翁喜出望外，在火炬接力过程中，72岁高龄的萨马兰奇在巴塞罗那附近一个小城中，也兴致勃勃地持火炬跑了1000米，成为奥运史上第一位直接参加火炬传递的国际奥委会主席。巴塞罗那奥运会筹委会还特别邀请了50多个国家和地区的155名代表参加火炬接力跑，这在奥运史上还是首次。

在巴塞罗那奥运会开幕式上，曾出现一幕非常感人的场面：一面巨大的奥

电视直播马德里申奥的大型集会

运会会旗覆盖了体育场上的参赛队伍,全部参赛者都被这面巨大的五环旗拥抱在怀中——奥林匹克理想将跨越种族、宗教、政治的鸿沟,增进各民族之间的相互理解和信任,为世界的和平发展起到推动作用。

令西班牙人非常惋惜的是,在最终的投票中,马德里惜败于东京,第三次申办奥运的活动宣告归零。有媒体说,马德里市的女市长在最后陈述阶段所使用的英语口语水平太差,没有让有投票权的奥委会执委们听清楚西班牙的意志,因而导致失败。这姑且算作一种解释,但是,西班牙稍显薄弱的经济基础,以及在欧债危机中被拖累的经济能力,使得它在申奥的话语声不那么硬朗,这恐怕才是马德里在竞争中失利的真正原因。

西班牙人失望地看到这一幕:东京赢了

归于平静的马德里

浪漫的西班牙人

在西班牙旅行时,你可要随时准备开玩笑。有时走在城市马路上,路边卖艺人手上会突然变出一个骷髅玩偶,并且大吼一声,让你吓一跳,然后他又对着你微笑,借此兜售一些小工艺品。

西班牙位于欧洲伊比利亚半岛,它以独具风格的舞蹈闻名于世界,欧美各国的舞蹈学校大多设有西班牙舞蹈课,这是西方有代表性的舞蹈。

一般人提到西班牙，大概马上会联想到斗牛及弗拉明戈。然而西班牙的舞蹈，并不是只有弗拉明戈一种，依据其年代、渊源、形态、地域，全西班牙的舞蹈共分为四大类：西班牙各地区的地方舞蹈、波丽露舞蹈、弗拉明戈舞蹈、古典西班牙舞蹈。

弗拉明戈是一种非常有特色的舞蹈，没有固定的动作，伴随着音乐的节奏，即兴起舞，与观众的互动频繁，很容易带动现场的情绪。后来，弗拉明戈不仅仅是一种舞蹈的名字，也是一种生活方式，爱自由、放荡不羁、不受拘束都是它的代名词。

弗拉明戈舞源自平民阶级，在舞者的举手投足中表达出人性最无保留的情绪。表演时，必须有吉他伴奏，并有专人在一旁伴唱。上场的男舞伴穿紧身黑裤子，长袖衬衫，有时还加一件饰花的马甲；女舞伴则把头发向后梳成光滑的发髻，穿艳丽的服装、紧身胸衣和多层饰边的裙子。

"弗拉明戈"一词源自阿拉伯文的"逃亡的农民"一词。关于这种舞蹈的起源，众说纷纭，有共识的一点是与吉卜赛人相关，这也就能够理解吉卜赛人为何总是说："弗拉明戈就在我们的血液里。"

弗拉明戈舞是一种很个性化的舞蹈。近年来，因为这种舞蹈有助于缓解都市人的紧张生活，弗拉明戈舞在世界各地非西班牙语的国家和地区中也得到了迅猛的推广。在亚洲的日本、韩国以及中国的香港、台湾、上海、广州等地，弗拉明戈舞成了一种新型的娱乐健身方式。仅在东京就有上千家弗拉明戈舞蹈学校，台湾歌手蔡依林在演唱歌曲《海盗》时也伴以弗拉明戈舞。

西班牙舞蹈还有一个代表，是斗牛舞。如果练习过这个舞或者一些现代舞的人就知道，它的音乐和舞蹈都是表达斗牛场上紧张和激奋的情绪的。斗牛舞的动作中，男士是模仿斗牛士，女士则象征这斗牛士手中的斗篷，因此男士必须保持一种强壮英武的姿态，女士则要与男士默契配合，共同战胜野牛。

斗牛舞的音乐是2/4拍，一小节两拍，重音在第一拍上，舞蹈是从音乐小节的第一拍上开始起步的。斗牛舞的舞步是一拍一步，它的舞步型有四步、八步等等。斗牛舞的数拍是"一，二，一二，一二"，但是有些动作包括很多步子，用这种数拍方法就比较麻烦，不便于记动作。

在西班牙坐高铁

我们从马德里去往巴塞罗那,选择了乘坐高铁。

西班牙的国土横跨于大西洋与地中海之间,面积约有 50 万平方公里,相当于三个湖北省的面积。所以,西班牙的国内交通需求是很大的。

西班牙已建成总运营里程 1026 公里的 3 条高速铁路:马德里—塞维利亚 471 公里的高速线;马德里—托莱多 74 公里的高速线;马德里—巴塞罗那 481 公里的高速线,最高运行时速 350 公里。

AVE 是西班牙的高速铁路,AVE 是西班牙语中"鸟"的意思,由西班牙国家铁路营运。与西班牙其他铁路系统采用宽轨不同,该系统使用标准轨及专用轨道,也让其未来可以与其他地区的铁路相连接。经过新建和改建以后,西班牙铁路形成一个现代化的高速路网,跻身于世界铁路的先进行列。

从外面看,马德里火车站并不壮观,古老的建筑静静地诉说着这个城市悠久的历史文化。而刚走进车站的候车大厅,一座巨大的亚热带植物园便跳入视野。那里郁郁葱葱的植物竞相生长,南来北往的旅客穿行于园中兴致勃勃地欣赏着美景,全然忘却了旅途的疲惫。整个大厅生机盎然。

车站的一隅,设计者利用候车大厅顶棚的高度建造了一座"空中餐馆"。坐在餐馆外特意布置好的"露天座椅"上,一边享用着美食,一边俯瞰着植物园的美景和来往穿梭的人群,惬意十足。等车久了,还可以到植物园里的咖啡馆里静静地坐一坐。这里的咖啡馆也是风格各异,有的现代感十足,有的处处散发着一种怀旧的韵味。不仅如此,车站的二楼夹层居然还有一个小型图书馆,喜欢读书的人可以在这里看上几页。车站内还有随处可见的长椅供你歇息。

在大约 4 个小时的旅途中,高铁运行非常平稳。车厢里面的乘客不多,光线柔和,气氛宁静,几乎没有人大声说话。窗外的景色很好,有许多油橄榄树,

马德里火车站内庭很美观

顺着山势坐落着一些村镇，但是都不大，一切都美得宛如在画中。

到达巴塞罗那弗兰萨车站时，天色已晚，城市笼罩在灯火之中。这是一座雄伟的大城，其国际化程度比肩于首都马德里，而且它是加泰罗尼亚大区的首府，具有区域性的独立特征。这里的火车站完全不逊色于马德里的恰马卢蒂火车站，非常现代化，除了旅游咨询处、银行、投币储物柜、餐厅等以外，旅行代理店、百货商店、娱乐中心等各种设施也一应俱全。

巴塞罗那奥运会举办之际重新整修过弗兰萨车站，大多数国际线路列车、通往国内主要城市的特快列车在这里到达和出发，这些列车中的大部分都要经过桑兹总火车站。所以从设施的方便程度上来说，还是桑兹总火车站比较方便。从弗兰萨站到兰布拉斯大街步行需要 15 分钟左右。著名的跨国列车也从这里经过，如果从这里乘火车去巴黎，大约需要 12 个小时。

这段旅程的高铁票价大约为 90 欧元，大约相当于从武汉到广州高铁的一等座票价，也算合理。

巴塞罗那车站夜景

王宫不属于国王

西班牙至今仍保留着王权,但那只是国家象征。

自古以来,在人类的历史里,王宫一直就是属于国王的,且庄严神圣不可侵犯,有大量的士兵在守卫。就算时至现在,无论是英国女王,还是日本天皇,都有自己的王宫。然而,令人惊讶的是今日的西班牙,王宫却不再属于国王了。现在,只有在举行大规模典礼和接见各国元首的时候,国王才会回到这座古老的宫殿。

西班牙马德里王宫建在曼萨莱斯河左岸的山岗上,是仅次于凡尔赛和维也纳的欧洲第三大王宫,开建于1738年,在穆斯林建筑阿卡拉萨堡基础上修建,历时26年才完工。作为波旁王朝的代表性文化遗迹,是世界上保存最完整而且最精美的宫殿之一。它呈正方形结构,每边长180米,外观具有卢浮宫的建筑美,内部装潢是意大利式的,整个宫殿豪华绝伦,里面藏有无数的金银器皿和珍宝级的绘画、瓷器、皮货、壁毯、乐器及其他皇室用品。现在它已被辟为博物院,供游人参观。

我们进入这座富丽堂皇的王宫。从总体来看,这里不似巴黎凡尔赛宫那般壮观,但也十分宏大,用料非常讲究。就是进门的石阶,也是用每根长达10米的花岗石整体铺成的,费工费钱可想而知。

其实,历史上的西班牙和大部分国家一样是个君主专制国家,国王作为国家元首拥有着至高无上的权力。尤其在近代自1939年4月起的佛朗哥独裁统治时期,国家元首更是凌驾于议会和一切法律之上。佛朗哥独揽国家大权,在部长理事会的成立和解散上具有最终决策权,即使在他年事已高,身体每况愈下时,任何重大的政治决策还是由他说了算。

但是,自胡安·卡洛斯亲王于1975年11月22日正式登基之后,西班牙开

近观地中海之星：西班牙

西班牙王宫具卢浮宫之美

始了民主改革的进程，走上了君主立宪制的历程。1976 年 9 月，在胡安·卡洛斯一世国王的主持下，重新制定了新宪法，同年底由公民投票批准，1978 年初这部国史上的第 8 部宪法就正式实施了。这部宪法最大的特点是：取消了国王或元首的独裁专制权力，国家实行君主立宪制，权力来自人民，恢复国家的区域自治，维护民主、自由、正义、平等和政治多元化；规定国家三权分立，立法机构由参议院和众议院组成，依法独立行使国家立法权，以及审议国家财政预算，监督政府工作等；最高司法权力机构是司法权总委员会，依法独立行使审判权；首相是政府首脑，由议会推选，国王任命；政府组阁成员，由首相提名，国王任命。

值得一提的是 1985 年，西班牙又颁布了新的宪法，不过与以往颁布新宪法不同的是，这次不是废除前者，而是更进一步肯定了 1978 年宪法的基本原则，只是修改了前者中的一些不再合宜的法令，使法制制度得到了进一步的完善巩固。

新法颁布后，尽管国王依旧是国家在国际事务中的最高代表、武装部队的最高统帅，拥有着批准和颁布法律、召集或解散议会、推荐首相人选、根据首相提名任命政府成员、代表国家宣战宣和等权力，有着自己的办公和办事机构，但就如宪法中规定的那样,"国王是国家的元首,是国家的团结和存在的象征,是使各个部门正常运转的仲裁人和调解人",就基本面而言,国王的权力已大为削弱,对西班牙而言只是起着代表性和象征性的作用,而且国王也是薪水制的。据法新社 2011 年报道,西班牙王室网站公布的数字显示,国王胡安·卡洛斯 2010 年的总收入为 29.2552 万欧元,其中 14 万是国家薪金,另外 15.2 万则为公务补贴,这两笔钱都来自纳税人。按照西班牙法律规定,国王所获收入也需缴纳 40% 的所得税。

与王宫相对的宫殿

西班牙皇家糖果厂

在西班牙的王宫里参观，意外地看到这里居然有中国宫。这个宫里的彩绘全都是中国的人物与风景，画风当然是西式的，线条准确，用色夸张，讲究明暗，表现了几百年前西班牙宫廷画师对东方的印象。

海鲜饭和生吃火腿

美食与美景好像是天生的一对儿，形影不离。素以斗牛、舞蹈、阳光、沙滩、海岸闻名于世的西班牙，不仅是著名的旅游王国，还是老饕美食家的天堂。

西方人一般多食面包，他们也吃米饭，但会把米饭加进多种配料，形成菜与饭的结合体。例如，此次在西班牙考察期间吃的海鲜饭就属这一类。

米饭连同蚌壳一起煮

我们点了海鲜饭之后，侍者会问明有几个人吃，要求做成几分熟。西班牙本地人的口味，是把米饭与贝壳和各种配菜混在一起煮，他们掌握的火候是七分熟就上桌，而中国人对七分熟的米饭是不能接受的，称为夹生饭。所以，有经验的侍者会嘱咐后厨："中国客人，把饭烧熟！"这种海鲜饭很饱肚子，吃的时候还可佐以油炸小鱼和沙拉，不一会就吃撑了。

西班牙的海鲜饭种类很多，但颜色上大多以黄色为主。它是用专门的海鲜饭原料调制而成的。在这些原料中最关键的就是番红花，一种带有香味的黄色植物粉末，其功效不仅可去除海鲜的腥味，还可以使米饭晶莹剔透，让人很有食欲。

西班牙菜很是独特和美味。不同于国内传统美食烹饪中使用诸如菜油、花生油、麻油等种类繁多的植物油或猪油等动物油脂，融合了地中海和东方饮食精华的西班牙菜，在烹饪中主要使用以橄榄油为主的植物油和以猪油为主的动物油脂。名点"派勒"的烹饪就是其中很具有代表性的菜肴：以橄榄油炒鱼类、贝类、蔬菜类，再和米饭一起煮熟，飘香四溢。除了用油的不同，独特美味的西班牙菜在烹饪中还添加有很多配料，如由阿拉伯引进的种类繁多的水果和蔬菜，从美洲引进的马铃薯和番茄等。

尽管面积大约只有欧洲的二十分之一，但是在西班牙的各个地方都有着相映生辉的美食文化。例如，在北方，巴斯克地区的饮食以家庭传统烹饪为基础，特色菜肴是由土豆、狐鲣烹调的菜及由蛤肉和尖头蟹制成的海鲜。加利西亚的特色菜则是由火腿和芸豆制成的浓汤。沿地中海地区的饮食以品种丰富的鲜鱼为主，而在内陆地区的特色菜肴以浓肉汤和烤肉为主。就菜系而言，高原地区的菜系以各种方式制作的肉食为主，如根据堂·吉诃德的故事开发出来的凉拌肉、地洛斯——由煎蛋、咸肉和脑髓制成，以及山区的特色烤肉和马德里的烩肉等。而南方地区的菜系则是以各种历史悠久的汤菜、小炸鱼和炖菜为代表。

漫长的海岸线，再加上得天独厚的大西洋暖流影响，使得西班牙渔港众多，水产丰富，渔业经济发达。它是西欧主要的渔业国家，沙丁、淡菜、乌贼、马鲛鱼、鳕鱼和金枪鱼是主要捕捉鱼种。所以西班牙人餐桌上的主角，一般有鳕鱼、虾、贝类、牡蛎等五花八门、品种繁多、味道鲜美的海产类菜肴。

除了以上介绍的这些美食外，西班牙还有一种著名的火腿，切几片火腿配红酒着实是种享受。这种火腿选料制作非常讲究，例如风味独特的伊比利火腿由埃斯特雷马杜拉自治区特有的猪种制成，并且完全是高温风干后再用

这种火腿供生吃

蜡封上,几乎所有的脂肪都在高温风干的过程中变成油流了出来,可以算是低胆固醇的食物,很适合"三高"人群食用。不过,这种火腿的价格不菲,质量好一些的火腿每个卖到两千欧元,相当于1万多人民币。

马德里的城徽和地标

马德里是一座大城,大城的辐射力穿越历史。

我站在马德里市中心,这里是由太阳广场、中心广场、西班牙广场形成的一块三角区域。其中,太阳广场是马德里的中央广场,从此广场出发有十数条呈放射状向外延伸的街道,形成了它密如蛛网的城市结构。在这个太阳广场的中央处有一座花坛,坛内有一座攀依在草莓树上的棕熊青铜塑像,这就是马德里的城徽,也就是市标。

关于马德里的城徽,还有一段有趣的故事。马德里是"妈妈快跑"的意思。传说很久以前的某一天,一个小男孩跟妈妈出来玩,因为他很淘气,不一会儿,离妈妈就很远了。正当他想找妈妈

作者在马德里城徽"黑熊攀草莓树"前留影

的时候，一只棕熊出现了。惊吓中的小男孩撒腿就跑，棕熊在后面紧追，在这种情况下，小男孩爬上了一棵大树。爬上去之后，他刚刚想喘几口气，却忽然听到了妈妈的喊声。树底下的棕熊正在想办法攻击自己呢！小男孩怕妈妈为救自己而受到棕熊的攻击，于是，他在树上冲着妈妈大呼："madle-id(妈妈快跑)……madle-id(妈妈快跑)……"有的说法是他的喊声引来了猎人，也有的说法是他的喊声吓跑了棕熊，总而言之，他的这一喊声救了他们母子。就这样，这个勇敢的小男孩给马德里留下了一段美丽的传说，也象征着西班牙勇士的精神。

至于草莓树，据说是因为西班牙1561年迁都马德里时，这里还是一片森林，长满了浓密的草莓树，所以这个城市和草莓树分不开了。而城徽中这只粗壮雄健的棕熊，则是显示着马德里人民不屈不挠的倔强性格。

除了市标外，像世界上许多首都一样，马德里还有一块闻名于世的"零公里"标志，也就是地标。它安放在市中心著名的太阳广场的人行道上。这个标志是一块不大的半圆形瓷砖做成的，上面用西班牙文写着"零公里，公路起点"。在半圆形中心有幅伊比利亚半岛的地图，中间有两个平行的同样长度的指针，两指针中间交接处画了个"0"字，表示这里是"西班牙之心"，是马德里通向全国各地的起点，西班牙公路的里程碑都从这里向外计算。例如，从此出发，到达西班牙东端的巴塞罗那有621公里，到南端的塞维利亚有534公里，到西端的巴达霍斯有403公里，到北端的巴斯克，也就是堂·吉诃德的故乡，有372公里。

马德里周围的几个区都很大，延伸于马德里东部、南部的卡斯蒂利亚—拉曼恰自治区，有79463平方公里，以盛产橄榄油和葡萄酒著称，葡萄酒产量占据西班牙总产量的50%。西部的埃斯特雷马杜拉，也是一个自治区，它包含有卡塞雷

马德里零公里标记

斯省、巴达霍斯省，面积41613平方公里，紧邻葡萄牙，首府是梅里达，这里是西班牙很多探险家的故乡。西北部的卡斯蒂利亚—莱昂面积94223平方公里，下设9省，是西班牙最大的自治区，也是欧洲最大的自治区。

在马德里市的城徽附近，有繁华和喧嚣的市场，这里什么样的商贩都有，摩肩接踵。也有玩杂耍和卖艺的，居然也有中国人在这里变魔术。表演者是个中年人，他可以表演扶着手杖悬空站立。付了钱的人可以用自己的脚从表演者的脚底扫过，表明是空的。这真是绝了，所以引来不少年轻人围观。

爱花与爱狗

在西班牙可以发现，人们把花种在一切有空的地方，就连每家每户的窗台外，都种着几株花。当然那花儿不是给自己看，而是给路上行人看的。视线之美带来环境之美，西班牙人的确是细心。

爱美之心，人皆有之。无论中外，白皮肤还是黄皮肤，大家都爱花，都爱美。每当春回大地，万物复苏，百花争艳，万紫千红时，令人赏心悦目，心旷神怡。栽花、养花、用花美化生活环境，调节生活氛围，传递情感，早已经成为人类生活中必不可少的一部分。正因如此，世界上很多国家都评定自己的国花，以此激励国民保护植物和团结民众。例如美国的国花是山楂花，英国的国花是玫瑰花，法国的国花是百合花……西班牙的国花则是石榴花。

关于西班牙国花的由来还有一段美丽的传说。据说，在两千多年前，西班牙国王的女儿玉晶公主，爱上了一个平民家庭的小伙子。国王不同意，还很生气，硬把小伙子判了罪，发配到很远很远的地方。而玉晶公主因为失恋和相思的痛苦，每天呆呆地站在花园内的假山下，看着百花落泪，一颗颗泪珠洒落在假山石旁。第二年，玉晶公主相思过度，悲伤地死去了。在她泪珠洒落的地方，长出了一棵棵带刺的花树，结出了一个个比拳头大些的圆圆的果子。花工呈报给了国王，

马德里街头浇花的工人　　　　　　　　　　小街很整洁

大家对此都很惊奇。由于此花开得像火一样红，结的果像球一样圆，又生长在石头旁边，因此人们就叫它石榴花树了。西班牙姑娘人人同情玉晶公主、喜欢石榴花，于是她们把石榴树栽遍了全国。为了纪念玉晶公主，石榴花成为了西班牙国花。

尽管是个传说，但石榴树确实是富贵、吉祥、繁荣的象征。在西班牙，50万平方公里的土地上，不论高原山地、市镇乡村、房前屋后，还是滨海公园，随处可见石榴树。暮春时节，火红的花朵开遍西班牙。

除了国花石榴花外，西班牙还有一些特色植物。比如西班牙鸢尾，它是一种多年生草本植物，根茎淡绿色，秋冬生长，早春开花，初夏休眠，分布在西班牙及地中海沿岸。西班牙百里香，是一种唇形科植物，别名麝香草，叶为深绿色至深青绿，小而尖，茎分支茂盛，花为红色，有浓郁芳香，也是多年生草本植物，植株高度约30公分，花期在夏季，叶子具有多种用途。西班牙百里香的叶片可加入各式肉类、鱼贝类料理；泡茶喝能够帮助消化，消除肠胃胀气并解酒；浸剂中加蜂蜜可治痉咳、感冒、喉咙痛、肝病、消化不良；泡澡亦有舒缓和镇定神经之效；提炼的精油有杀菌作用。还有西班牙薰衣草，是一种唇形科半耐寒小型灌木。它长得似小兔子耳朵，最引人入胜的地方就是花序，肥肥胖胖的花序，是由宽大的苞片密叠而成，中间还塞满毛絮。观赏时，其紫黑色的小花，从缝中探头出来的模样有点怯生生的感觉，很是有趣。

爱狗者在西班牙非常多

　　西班牙人不仅喜欢花草，还很喜欢养宠物。被誉为人类"忠诚卫士"、"忠诚朋友"的狗，更是西班牙人的最爱。在大街上，经常可以看见遛狗的人，西班牙人经常牵着两三条一起遛。关于西班牙人喜欢狗的原因有很多种，但从客观来说，一是，西欧是一个有着狩猎历史的地方，很早之前狗就是他们生产生活的伙伴，时至今日不再需要狩猎了，但这种爱狗的情怀却深深地扎根于西欧人的基因之中。二是，西方发达国家近年来生育率越来越低，人口老龄化很是严重。物质生活水平很高，但是心灵的孤独感却与日俱增。很多人为了缓解孤独感，便开始养宠物。而寿命较长，很好训养的狗，就成为最佳选择。

报摊和华人报纸

　　在西班牙的餐馆里，有不少免费报纸供人阅读。华人餐馆里的华文报纸更是成为一景。我们在马德里一家名叫"上海春天"的餐馆里吃饭时，看到这里有好几种华文报刊，老板一家人和他们的朋友围坐在一起包馄饨，一边包一边

马德里街头报摊

西班牙的部分华文报纸

看 CCTV-4 的节目,那气氛完全不像是在远离中国的地方。

西班牙有许多报摊,随处可以买到各种报纸和杂志。

自 1978 年胡安·卡洛斯国王上台以来,西班牙颁布了现行的《宪法》,开始了民主化的进程。《宪法》第 20 条明确承认和保护言论自由,并规定不得进行任何的事先审查。由此,西班牙的新闻传播事业迎来了大发展的环境。

尽管西班牙开始了民主化的进程,但由于多年的积弊,公众并不怎么信任报刊新闻,使得报纸杂志在短暂出现的百家争鸣的景象后迅速凋敝,很多报刊停刊。直到 1988 年,报纸的发行量才达到每千人 80 份,但这远远低于欧洲其他国家。

目前,西班牙全国共有报纸 155 种,其中大部分属于自治州。主要的报纸有《国家报》(50 万份)、《阿贝赛报》(30.2 万份)、《世界报》(27.2 万份)、《先锋报》(21.2 万份)、《加泰罗尼亚报》(20.8 万份)。其中,创刊于 1976 年的《国家报》在西班牙走向西方的民主进程中发挥了重要的舆论导向作用,日发 50 万份,遥遥领先于其他报纸,在国内最有影响力。西班牙体育事业发达,体育纸媒也不错,最大的体育报纸是《MARCA》,日发 41.7 万份。近年来,为顺应媒体数字化发展大潮,这些报纸也都建立了自己的网站,积极投身新媒体,迎合受众阅读趋势的转移。

除了西文报纸外,随着中国经济的腾飞和双边贸易的发展,去西班牙的中国人越来越多,华文报纸也就顺势在西班牙兴起。目前,西班牙主要的华文报

纸有《侨声报》《西班牙联合时报》《葡华报》等。这些报纸主要为华人服务，针对那些不太懂西班牙语，又想知道西班牙政策及社会发展变化情况，以及中国国内情况的读者。另外，西班牙杂志市场也很活跃，目前出版发行的各类杂志达 200 多种，其中有关妇女的杂志居多。

西班牙主要通讯社有官方通讯社埃菲社和私营的欧洲通讯社、罗格斯通讯社等。埃菲社创建于 1938 年，是西班牙最大的通讯社，也是全世界所有讲西班牙语国家中规模最大的通讯社，是世界五大通讯社之一。埃菲社总社设在马德里，有员工 2000 多人，在 110 个国家的 180 个城市派有记者，在国内外均有分社，主要分社有以巴拿马为总部的中美洲通讯社，以及在北京、香港、东京、马尼拉、新德里和曼谷的分社。

在西班牙，起着举足轻重作用的大众媒介是广播电台和电视。尤其是电视，是人们生活中不可或缺的。西班牙公众看电视的时间要高于大多数欧洲国家的公民。目前西班牙的电视台分官方和私人两大类。官方电视台有两个频道——电视一台和二台，此外还有一些自治州电视台。私人电视台有"天线 3"和"电视 5 台"等几家。广播电台分为全国电台和自治区电台两大类，设有 32 个综合频道，节目丰富，内容包含整点新闻播报、新闻评论、访谈、文化、体育等；另有新闻、体育和音乐三大类的 30 多个专业频道。目前，全国共有 200 多家电台，最重要的是西班牙国家广播电台和私营的西班牙广播公司，以及洲际电台和西班牙人民电台。

目前，不少中国企业对西班牙酒店集团展开收购，如重庆的康达集团收购 3 家四星级以上豪华酒店，万达集团总裁王健林表示将大举投资西班牙的房地产和酒店业，这充分显示了中国人对西班牙高度的投资热情。西班牙从 2013 年 9 月开始实施新的投资移民法，规定凡购买 50 万欧元房产的外国人均可获得绿卡，已有一些中国人为此而行动起来。这个消息也刺激了华人的想象力，华文报刊为此作了不少推介。

黑衣乞者

有一位黑衣乞者，留在我的镜头里，也刻在我的记忆中。

吉卜赛人，又称茨冈人、弗拉明戈人，在西班牙境内大约存在着1万余名。作为一个流浪的、历史上多年不被合法承认的民族，吉卜赛人的真实遭遇似乎没有电影中表现的那么浪漫，更多的是辛酸、无奈和苦难。他们大多曾以大篷车为栖身之所，现在一般来说居有定所，但多数没有正式工作，一般主要靠给人擦车打零工、占卜、街头表演等方式生存，并且仍有一部分人过着流浪的生活。

在西班牙的街头，尤其是巴塞罗那那条闻名的流浪者大街，可见成群结队的吉卜赛妇女。她们通常披散长发，眼睛大而明亮，永远是风尘仆仆的容颜，肤色黝黑，头发稠密，额角窄小，脸型椭圆，鹰钩鼻稍稍隆起。她们有时小偷小摸，有时只是傻傻地用蹩脚的英语和游人们搭讪。她们一般从事占卜、卖药、行乞和表演等行业。

西班牙政府以前不愿意承认这些吉卜赛人为境内合法的少数民族。近十几年来，政府与周围邻国一样，也专门拨出巨款为他们建造房屋，使他们安居乐业。这在一定程度上解决了他们的问题，但是尴尬的身份、不被接纳的痛苦、生活底层难以改变的现状，无时不伴其左右。不过，由于历史的积淀，热情、奔放、洒脱的吉卜赛人有着天生流浪民族的气质，内心有着很强的民族认同感，拒绝其他文化与变化，坚守着民族的关于流浪的一些浪漫向往和天生的特质。

除了流浪的吉卜赛人，在西班牙还有一些同样悲惨的非洲裔人。由于西班牙的移民政策相对宽松，欧盟又没有统一的对待非法移民的政策。约定俗成中，非法劳工一旦进入一个国家，就可以在欧盟国家间自由流动。再有，欧洲各国都标榜民主，对非法移民较少强行遣返。西班牙离非洲又近，非法移民登陆容易，因而吸引了大批因饥饿、战争、贫穷等原因的非洲人疯狂地非法移民而来。

一般他们或通过摩洛哥，或通过加那利群岛，以此为跳板，经历重重艰难，足够幸运的才能生存下来，跑进他们的梦想之国西班牙。然而，当他们来到西班牙之后才发现，美丽的梦想是别人的，与自己无关，自己依旧悲惨。他们大部分拿不到合法身份，享受不到西班牙任何权利，有时东躲西藏的，居无定所，就算有住所，条件也很差。饱受艰辛的他们只能靠在黑市上打打零工糊口。

贫困是一个世界性的难题。在西班牙这样的福利较完善的国家，也有很多的贫困乞讨者。走在大街上，可以遇见一些趴在地上，一直低着头，举着一个碗，如雕塑般，既沉静又苍凉的乞讨者。不过，行乞是一件丢人的事，一般只有迫不得已的人才会这样做。

画面上的这位行乞者，在长时间里都不肯抬一下头，不管人家是丢一枚硬币还是一张纸钱，她都不会去瞄一眼，可能这是一种自存的最后尊严，不愿放弃。

看着乞者大人孩子都很无奈

黑衣乞者始终不愿抬头

游轮与赌场

站在巴塞罗那的海边，我放眼四望，海天茫茫。在近岸的避风港里，停泊着几艘巨大的游轮。

游轮原意是指海洋上定线、定期航行的大型客运轮船。但随着航空运输业的出现和发展，跨洋型的游轮基本退出了历史舞台，现在所说的游轮，是指在海洋上航行的，专门用于旅游休闲度假的轮船，因其豪华、舒适等特点，被称为"海上流动度假村"。

游轮之风盛行全球，有赖于它是纯粹的休闲。自1990年之后，全球的游轮公司雨后春笋般大量涌现，并纷纷致力于建造更大、更新、更豪华的巨型游轮，游轮旅游开始变得越来越平民化。在欧美及亚洲发达地区，短天数、低价位的游轮产品更颠覆了它高不可攀的传统形象，成为人人消费得起的大众化旅游产品。目前，欧美游轮规模庞大，有300到400艘游轮，它们每天带着大量游客航行于地中海、加勒比海、夏威夷等世界100多个国家和地区。

地中海地区环境优美、阳光充足、气候宜人，又是陆间海，风浪小，适合航行观光。再加上沿岸发达国家众多，历史文化名城众多，人民生活水平高，喜欢休闲旅游。因此，地中海地区的豪华游轮事业非常发达，是世界上游轮旅行的热门地区，众多的游轮公司在此抢占市场。世界十大游轮公司中，嘉年华游轮、MSC意大利地中海游轮等几乎都有地中海业务。

以亚平宁半岛、西西里岛和突尼斯之间的突尼斯海峡为界，地中海分为东西两个部分。因而地中海航线在航运上一般被划分为地中海西部和地中海东部，也简称为地西线和地东线。西班牙地处地中海西部，西部海域的主要港口有西班牙的瓦伦西亚、巴塞罗那，意大利的热那亚、那不勒斯、利沃诺，法国的福斯，故西班牙到地中海沿岸的最重要的几条航线就是去这6个港口的。

近观地中海之星：西班牙

西班牙是世界上阳光和海滩最好的国度。当人们谈到假期计划时，欧洲海滩总是游客最为向往的地方，其中西班牙的海滩最为游客所喜欢。西班牙延绵曲折的海岸线长达1930公里，形成了众多风格不同的海滩，有的与森林相伴，有的布满沙丘，有的则隐蔽在小海湾内。

西班牙现有120个欧洲一流的海滩，据《西班牙观光手册》介绍，其中有5个名列欧洲海滩前5名，分别是太阳海岸、哥斯达黎加、科斯塔布兰卡、科斯塔加拉夫、伊比沙岛。其中，太阳海岸是一个气候宜人、阳光充足、全年日照300多天、降雨量较少的海滩，可以在一年中的任何时间来旅行。它有很多不同类型的娱乐活动，包括海滩酒吧，每年都吸引着大量年轻人来游玩。多拉达海岸由于是沙丘和沙滩组合的自然美景，已成为西班牙的一个著名旅游景点。它位于浅水区，是孩子们玩耍的最理想地方，很适合家庭度假。伊比沙岛是弛放音乐的发源地，亦是爱乐者疯狂追随的弛放天堂。在这里不仅有世界其他地方难以比拟的夜生活，还有一些重要的文化遗址，比如本尼拉湾有一个"上帝的手指"，其中一个手指必指向这个海滩所在的中心地方。

西班牙的游轮上都有赌场，不过多数欧洲人在船上都属于小赌怡情之类，如果要大赌，还是到陆地上去。我们在巴塞罗那看到近港的建筑群里，有一座外观很夸张的房子，房子顶上用轻型金属材料编织了一个大型的飞鱼，算是给这个赌场起到招牌作用，让人很远就可以看到，产生好奇之意。

豪华游轮停靠在巴塞罗那港

巴塞罗那赌场上空夸张的金属雕塑

摩托和自行车优先

在西班牙,年轻人爱骑摩托车。骑手的服装别致,形象粗犷彪悍,成为街头一景。

4000多万人口拥有1800万辆汽车的西班牙,曾是一个交通事故频发的国家,交通事故发生率是欧盟国家平均数的一倍。所以,自1918年西班牙颁布第一部交通法规以来,一直都在不断地修正,1989、1995、2001和2004年都先后修改并颁布了新的交通法规。这些法规越来越严格细致,对交通事故的肇事者处罚得也越来越严厉,对酒后驾车和超速驾车的处罚最是严厉。

现行的西班牙交通法规规定,汽车驾驶员必须在任何情况下都将汽车的运行掌握在完全的控制之下,不得对其他车辆和行人造成任何损害,车行车道,人行人行道。这是他们制定交通法规的一个以人为本的根本性指导原则。在西班牙购买汽车必须上保险,否则不准上路。每年一保的保险单必须随车携带,以备警察检查。交通事故分四级:轻、重、严重、极严重。罚款额分别为91欧元、92—301欧、302—602欧和1500欧以上。在任何情况下,汽车必须礼让行人,即使少数行人不遵守红绿灯,甚至不走斑马线。因为西班牙人深知生命可贵,人人都有责任保护。现在严格的以人为本的交通法规已使多数司机养成了尊重行人的习惯,西班牙城区汽车压人或撞人的事故非常少,绝大部分的事故发生在高速公路上。

摩托车是青少年最喜爱的运动之一。每逢周末或者节假日,三五成群的年轻人驾着摩托车,飞驰在蜿蜒的公路上,堪称西班牙一景。西班牙因此也涌现出一批摩托车高手,其中马丁内斯·阿斯帕尔曾先后36次获得各项世界比赛冠军,成为不少西班牙少年崇拜的偶像。

在西班牙,与摩托车可以媲美的运动还有自行车。世界自行车运动的三大

近观地中海之星：西班牙

赛事中，除了环法自行车赛、环意大利自行车赛外，就是环西班牙自行车赛了。这项赛事自 1935 年开始，已有 79 年的历史了，比环法和环意的百年历史和影响稍逊一筹，但是有种后来者居上的趋势，近年来影响越来越大，赛事越来越精彩，参赛的名将名车队辈出，如西班牙最强车队之一的"移动之星"。

目前，由于全球环保运动的风潮渐渐影响到西班牙，西班牙的自行车销量增加，骑行的人也在增加，越来越多的西班牙人选择骑车。一是大部分城市重视自行车项目的建设，已开始或已经设立相关项目激励人们去骑行。如在巴塞罗那，为解决交通拥堵和环境污染日趋严重的问题，马路上都设有专门的自行车专用道，很是人性化。车道 1 米左右，对于爱好骑行的人来说，既环保，又方便了出行，锻炼了身体。二是高额停车费和油费更让人们意识到自行车是个非常高效的交通工具。

在西班牙买辆自行车不是很贵，但是自行车不能坏。因为一旦坏了，要修理就比较麻烦。一般修理费与配件的价格加起来几乎可以买新车了。所以，在西班牙一般自行车坏了，人们就送去回收，然后再买新的。

关于骑自行车，西班牙近期出了新法规。据欧洲媒体报道，目前，西班牙法律规定，在城际道路上骑自行车的人必须戴上头盔。从 2013 年起，西班牙或将实施新的交通法规。这项新法实施之后，西班牙道路的最高车速将从每小时

摩托车一族在马德里

马德里市为自行车留出的专用道

120公里提高到每小时130公里。民众不仅在城际道路骑自行车时必须佩戴安全头盔,在市区内骑车也要戴上头盔,以防车祸。

巴塞罗那的宏大气象

西班牙的城市很多,但马德里与巴塞罗那双璧拱立的格局从来没有动摇过。我们领略了前者之王气之后,又体验了后者之厚重。

巴塞罗那是一座比马德里还要古老的城市,已有2000多年的历史。在这漫长的历史中,它大部分时期比马德里更为重要。由于它地处西班牙东北部的地中海沿岸,依山傍水,地势雄伟,靠近法国,历来为兵家必争之地,是伊比利亚半岛的门户。它先是西哥人的首都,后来是巴塞罗那有权势的诸伯爵的领地。自1137年成为加泰罗尼亚和阿拉贡联合国的首府以后,快速发展成一座极其富裕而显耀的城市,于15世纪初期并入西班牙。

作为加泰罗尼亚地区的首府,目前全市面积91平方公里,市区人口约160万,

繁华的巴塞罗那街铺

若连同外围地区人口则约为 400 万,是仅次于首都马德里的西班牙第二大城市,是全国最大的综合性港口,也是世界上人口最稠密的城市之一,经济上在西班牙具有举足轻重的地位。

巴塞罗那是一个热爱体育的城市,尤其是它的足球,相当成熟。闻名于世的巴塞罗那足球俱乐部,简称巴萨,成立于 1899 年 11 月 29 日,是西甲传统豪门之一,也是现今欧洲乃至世界足坛最成功的俱乐部之一。巴萨获得过很多荣誉,它是 22 次西甲联赛冠军、26 次国王杯冠军、4 次欧冠赛冠军。该球队素以聘请著名球星和自己完善的青训体系而著称于世界足坛。我们熟知的罗纳尔多、哈维、梅西等超级足球明星,都在巴萨留下汗水和足迹。

巴萨球队历史上有三代王朝,即 90 年代初期克鲁伊夫的梦之队,2004—2006 年里杰卡尔德的梦二队,以及现如今的瓜迪奥拉执教的梦三队。其中,在瓜帅执教下的梦三队相当彪悍,2008—2011 年这 4 年间获得 14 次冠军,打遍了豪门球队,被誉为"宇宙队"。

巴塞罗那市曾经承办过 1929 年和 1888 年两届世博会,为城市的腾飞奠定了基础。不过受条件影响,世博会在世界范围内影响不那么大,除了关注足球的球迷们外,很多人仍不了解巴塞罗那。真正使巴塞罗那名扬四海的,是 1992 年成功主办的第 25 届奥运会。但从历史的角度看,1929 年世博会给巴塞罗那城市改造以极大推动,一个古老而又现代化的商业城市,出人意料地焕发出青春,展现在国际社会面前。

1986 年 10 月 17 日在洛桑举行的国际奥委会第 91 届全会上,曾申办 1924 年、1936 年、1940 年三届奥运都没有成功的巴塞罗那,艰难地战胜了巴黎、阿姆斯特丹、布里斯班、贝尔格莱德和伯明翰,赢得了第 25 届奥运会主办权。

奥运会于 1992 年 7 月 25 日—8 月 9 日在西班牙巴塞罗那市举行,共有 170 多个国家和地区的 9364 名运动员参加了比赛,其中女运动员 2705 人,规模空前。

筹办 1992 年奥运会时,西班牙正处于经济危机的复苏时期。奥运会的举办,极大地促进了巴塞罗那的城市改造和建设,增加了就业人数,使巴塞罗那经济从衰退走向繁荣,成为当时欧洲变化最快的城市,也成为全球家喻户晓的城市,知名度、美誉度急剧上升。

巴塞罗那一眼望不到边的建筑

1929年巴塞罗那世博会主馆

葡萄牙
The Portuguese Republic

结识大西洋之子：葡萄牙

远眺大里斯本

来到里斯本，视线中没有水泥森林的感觉。

因为城市位于七座小山上，所以里斯本又被称为"七丘之城"。全长 1000 多公里的特茹河养育了里斯本这个通江达海的城市。它靠近大西洋沿岸，城北为辛特拉山，城南为特茹河出海口，是欧洲大陆最西面的首都，与伦敦、巴黎、罗马等同为西欧历史最悠久的古城。

公元前 205 年起，里斯本为罗马人统治，当时的统治者凯撒把这个地区升格为市，并命名为"Felicitas Julia"（意为"祝贺凯撒"）。1256 年起，里斯本正式成为葡萄牙王国的首都，从此发展成为欧洲和地中海一带重要的港口与贸易城市。

里斯本占地 84.8 平方公里，人口相当于葡萄牙的三分之一。与一般的主要大城市不同，真正的里斯本市只局限在其历史城区，周边的地方则发展成其他的城市。但事实上，这些城市属于大里斯本的一部分。大里斯本地区是欧洲人口增长最快的地区之一，根据联合国的估计，到 2050 年该地区人口会增至 450 万。据葡萄牙《快报》对葡萄牙全国生活水平的统计，里斯本是全葡萄牙最适合居住的城市。

葡萄牙最富庶的地区是里斯本，人均 GDP 远高于欧盟。当地人告诉我们，这里的平均工资水平大约为月薪 2500 欧元，每年拿 14 个月的工资。大学毕业生第一年的月薪大约是 900 欧元，研究生则为 1200 欧元。一般人购买的住房，价格在 18 万至 25 万欧元之间。如果坐出租车，起步价是 4.5 欧元。

里斯本的经济主要靠旅游服务业支持，旅游业对推动首都向现代化城市发展起了重要作用。里斯本已成为葡萄牙最大的旅游城市，其西部大西洋沿岸的美丽的海滨浴场，每年吸引来自世界各地 100 多万的旅游者。葡萄牙人都说，

大里斯本：三分之一的葡萄牙国民居于此

没有看过里斯本的人等于没有见过美景。

流经里斯本的特茹河的南岸已成为葡萄牙的重要工业中心，主要工业有造船、水泥、钢铁、塑料、软木、纺织、造纸和食品加工等。里斯本的造船业世界闻名，可制造30—70万吨级的各种油轮。它还有欧洲最大的干船坞，可以检修100万吨级的大型油轮。

里斯本气候较温和，整体来说，一年平均有3300个日照小时和100日下雨天。降雪是甚为罕见的，在2006年1月28日和29日，因受到来自北极的冷锋影响，下了一场小雪，打破了在此以前整整40年没有降雪的记录。

走在里斯本，绿色随处可见。里斯本的园林美化工作十分出色，市内有各种公园、花园250个，绿地面积达1400公顷。道路两旁有松柏、棕榈、菩提、柠檬、橄榄和无花果等树木。里斯本依山傍水，整个城市分布在7个小山丘上，远远望去，色调深浅不一的红瓦顶房屋和浓淡不同的绿色树丛交相辉映，景色十分优美。

1998 年，世界博览会于 5 月 9 日在里斯本开幕。这是 20 世纪最后一次世界博览会，也是自 1851 年开始举办以来，第一次以海洋为主题的世界博览会，共有 130 多个国家或地区以及一些国际组织参加，参观人数达 1000 多万人次。

里斯本人的性格很温和，城市里充满着一种慵懒的气氛。因为海外殖民历史悠久，所以这里多元文化共存。每年举行一次的城市节是葡萄牙人民传统的民族节日。城市节的晚上，全城张灯结彩，灯火辉煌，各区还举行盛大的游行。人们穿着五颜六色的传统民族服装，手上举着纸糊的灯笼，灯笼上画着著名的建筑物和妙趣横生的生活情景。

里斯本市的国旗广场

吉祥的葡式民间彩鸡

吉祥的葡式民间瓷鸡

在葡萄牙旅行，我看到最多的图腾是公鸡。大大小小的公鸡，被演化成动画、雕塑、玩具、商标等多种形式，无处不在。

不少人知道法国以高卢雄鸡作为国家形象，比如法国足球队的徽章就是一只公鸡，但实际上法国之南的葡萄牙也是一个以公鸡为代表的国家，意大利语中甚至称葡萄牙为"公鸡之港"。

"葡萄牙公鸡"起源地是北方小城巴塞罗斯。当地人世代相传着一个民间故事：很久以前，一个虔诚的朝圣者被误认为是盗贼而被判绞刑。临刑前，法官终于答应召见他。当囚犯被带去时，法官正准备享用晚餐。囚犯为了证明自己的清白，指着餐桌上一只刚出炉的烤鸡愤愤地说："这只鸡将为我鸣不平！"在场的人都认为他疯了，没想到那只烤鸡居然真的一抖身子站起来，对着囚犯引颈而啼。法官大为震惊，赦免了囚犯。从此，巴塞罗斯公鸡成为信任、公正和好运的象征，并作为葡萄牙全民族的吉祥物和非官方的国家象征。

"葡萄牙公鸡"深刻影响着葡萄牙文化的各个方面。例如葡萄牙媒体爱称足球运动为"公鸡中的战斗鸡"，它高贵的鸡冠和傲视群雄的目光正是夺冠的体现，所以在描述足球赛事时，常用"公鸡般的开局"来渲染气氛。

葡萄牙人酷爱公鸡，于是将公鸡形象做到明信片、瓷砖、瓷器、软木塞上，而最经典的工艺品就是"花公鸡"。它通常是用陶土制成，身上画有好多表示正义和善良的大红心，是最受欢迎的纪念品。现在又出现一种变色鸡。这种鸡不再由陶瓷制作，而是塑料制品，分量非常轻。它白身红冠，雄赳赳地站在一个圆形木垫上。鸡尾巴和翅膀上涂有十种化学物质，只要空气湿度一变，鸡身

上的涂料就会随着 PH 值的不同变为浅蓝、灰蓝、浅粉、粉色等等。其中纯净的天蓝色代表晴天，粉红色则是阴雨天。凡是到过里斯本的中国人，几乎人人都会买上一个变色鸡。

除了"花公鸡"，葡萄牙还有一个闻名世界的好东西——软木。软木是葡萄牙的国宝。软木是栓皮栎的树皮，栓皮栎很神奇，它被剥去了树皮也不会死。栓皮栎长到 25 岁就可以剥皮了，此后 9 年剥一次，树木可以活到 300 多岁。养护得好，栓皮栎可以剥皮数十次。人们最熟悉的软木制品是葡萄酒瓶的木塞。在里斯本，木制鞋跟和鞋垫是软木最古老的应用之一，大大小小的鞋店里，时常可以看到带有软木鞋跟的皮鞋和麻布麻线鞋。软木质轻、伸缩性强、耐摩擦，穿着这种鞋走路十分舒服。

当然，在里斯本的大店小铺里，最常见的旅游纪念品要算是软木瓷砖画了，那是葡萄牙最有名的工艺品，是葡萄牙两大特产——瓷砖和软木的结合。到了里斯本的外国人都要选购一两块带回去。还有用瓷土烧成的小公鸡，小到可以握在手心里，非常可爱，我也忍不住买了一个放进行囊。

这些街巷里流传许多民间传说

特茹河穿过里斯本

中葡交流无障碍

　　葡萄牙人像随风而落的种子，到处可以生根。我认识一个出生在澳门的葡萄牙人，他的上几代就在澳门扎根，反而在葡萄牙没有了亲戚。所以到他这一代，只有面容还是原血统特征，而开口讲的中国普通话和广东话，那是完全地道的。

　　在葡萄牙期间，我们去拜访了当地的政府和NGO组织。他们对中国人很友善，愿意把心里的话告诉我们。甚至有些话，还是只有朋友之间才能说的。

　　在大航海时代，通往东方的航路被航海家探出，欧洲社会开始了与东方的接触与交往。而作为航海时代的先行者葡萄牙，早在明朝正德年间便与中国在马六甲的商人有了接触，迄今已有五百余年。

　　葡萄牙民族与中华民族的关系源远流长。16世纪初，葡萄牙的商人开始络

III 结识大西洋之子：葡萄牙

绎不绝地前往东方。葡萄牙成为最先与中国接触的西方国家之一，中葡之间的正常贸易开始发展。葡萄牙人起初仅仅获得澳门的居住权，而主权以及管理权依然为中国政府所有。后来葡萄牙占领了澳门，在澳门管辖问题上，葡方虽然长期以来都认为不算殖民统治，只是租借关系，但还是在中国要求的时间节点上把管辖权交还了中国。中葡于1979年2月8日建交。中国于1999年12月20日恢复对澳门行使主权。2005年，两国宣布建立全面战略伙伴关系。建交35年来，两国在政治、经贸、文化、科技、军事等各领域的友好合作关系不断发展。

葡萄牙在1910年正式废除了君主制，建立了一院制的共和国。葡萄牙在第二次世界大战时并没有遭受战火蹂躏，但其在20世纪70年代前长期受军事独裁统治，直至1974年4月25日才推翻独裁统治。所以，在这个国家里，到处都可感受到全国把1974年作为一个重大节点来纪念，就连葡萄牙人最引以为豪的跨特茹河大桥也被命名为"4·25大桥"。

我们在大里斯本地区管理委员会里，就如何管理城市，如何给市民增加幸福感问题与他们进行了交流。这个委员会是个非政府组织，协调30多个小城市与里斯本的各种关系，虽然没有什么权力，但社会影响大。葡萄牙各市都有自己的发展规划，但政府不管具体的建设，只抓大事和外事，所以每个市的公务员都很少。

近年来，中葡两国领导人高层互访频繁，推动了两国友好合作关系进一步

中国客人与葡萄牙主人在交流

越来越多的中国游客来到葡萄牙

发展，在澳门问题上中葡保持友好合作。据我国海关统计，2012年中葡双边贸易额为40.15亿美元，同比增长1.3%，其中我国出口25.01亿美元，进口15.14亿美元。中国对葡出口商品主要有电机电气设备、机械器具、玩具、家具、钢铁制品等，进口商品主要有机械器具、电机电气设备、软木及其制品、纸浆及废纸、矿产品等。

中葡在文化、科技和教育方面也有密切的交流往来。中葡在北京成立了友好协会，而且在葡萄牙还掀起了一股持续的"汉语热"，一些大学、民间组织还开办了汉语班。2006年3月，葡议会成立葡中友好小组。两国政府于2010年11月签订了《中葡政府2010年至2012年度在文化、语言、教育、科学、技术、高等教育、青年、体育和传媒领域的合作执行计划》。葡萄牙米尼奥大学和里斯本大学分别开设孔子学院。中葡间建有北京—里斯本、上海—波尔图、无锡—卡斯卡伊斯、珠海—卡斯特罗布兰科和铜陵—莱利亚五对友城关系。

葡萄牙民间弹唱"Fado"的艺人

在葡萄牙走路时，时刻有音乐相随。我看到一个白发弹唱的老者，赤足红颜，神态自若，虽然脚下有一个纳币的盒子，但看得出来，别人给钱不给钱无所谓，他唱歌是一种自在的生存方式。

这位老人唱的就是被称为"Fado"的民间歌曲。"Fado"一词据说源于拉丁文，意思是"命运"，是葡萄牙著名的传统民谣。

弹唱葡式民歌"Fado"的老艺人

"Fado"在葡萄牙的大街小巷都可以听到,已有150多年的历史,其地位相当于西班牙著名的弗拉明戈舞蹈。"Fado"又称悲歌,由歌曲和器乐两部分组成,高音的葡萄牙吉他和中音的西班牙吉他一起合奏,能创造出独特的抒情气氛,给人一种甜蜜的忧伤,这也许就是"Fado"的魅力所在。

葡萄牙音乐最出名的就是"Fado",原先只是在民间流传,经过众多艺术家的努力,今天"Fado"已经以它丰富的艺术内涵和哀伤优美的旋律征服了全世界。阿玛丽娅,这个响亮的名字,在葡萄牙无人不晓;由她唱红了的"Fado"曲子也是路人皆知,鲜有唱不出来的。

关于"Fado"的起源有很多说法。一种认为它起源于葡萄牙海员唱的歌曲。在过去,出海的水手唱出了对家人的思念和离家的苦闷。另一种认为它起源于葡萄牙民间叙事歌曲。还有一种认为它起源于葡萄牙当年的殖民地巴西黑人的兰杜舞蹈。这些说法都有一定道理,"Fado"可能是由多元文化因素交织混合而成的。在葡萄牙,很多人选餐厅不仅为了吃饭,还为了听"Fado"。

年轻人也在吟唱"Fado"

夜幕降临，走进小巷就可以听到那哀怨的歌声，在吉他的伴奏下特别凄凉，使人心碎。每到黄昏时分，海边的沙滩上不时会有妇女披着黑色的巨大方巾，远望大海，唱出她们的思念："你又扬帆去远方，何时才归？我天天眼望大海，期盼你早回……"歌声伴着海风吹来，令人入神。

世界上最窄的电车小巷

如果不是亲眼所见，我绝对不会相信在这么窄的巷子里居然可以走有轨电车。窄到什么程度？车上的人可以和屋子里的人握手。

坐这种葡萄牙有轨电车，那是特色，也是国外游客来葡萄牙的追寻目标之一。里斯本面对着大西洋依山而建，城内有7座小山丘，因此城市内的道路起起伏伏、高高低低，好像富有葡萄牙民族特色的音乐旋律一样。7座山上各有不同的景致，

眺望里斯本

如果你在里斯本常住，可以慢慢地爬完这 7 座山，地铁和有轨电车会带你到这 7 座山的山脚下。

葡萄牙当局非常重视发展市内公共交通，所以有轨电车实行国营，政府予以财政补贴和其他方面的种种优待，各公共交通企业和个体经营者也服务周到。故此市内公共交通深得市民喜爱。为有效疏导交通减少阻塞，里斯本市政当局将许多街道划为单行线，私人或公家的小汽车绝对不可逆行，唯有公共汽车和出租车享有特权——可以把单行道当双行道行驶。葡萄牙的长途交通也很便捷，高速公路、国家公路和高级公路更是密如织网。

里斯本是全国的交通枢纽，市内交通以汽车和地铁为主。此外还有运行于城市山丘上的缆车和升降车。里斯本公共交通很发达，所以背包旅游相当方便，地铁、出租车、公共汽车和有轨电车可以把你送到城市的任何角落。

有着百年历史的经典黄色电车吸引了来自世界各地的游客，这种电车也成了游客们探索里斯本的最佳方式。在欧洲很多国家，传统的有轨电车已经淡出了人们的视野。不过在葡萄牙首都里斯本，这种黄色电车依然是这个城市的标志。

穿行小巷的有轨电车

有轨电车和汽车同一条道

28 路电车，穿过市中心的老城区，一直到圣乔治古堡，沿途经过里斯本很多名胜古迹，因此大受世界各地游客的欢迎，28 路也成了最受欢迎的线路之一。

据《华商移民》介绍，里斯本卡里电车公司创立于 1872 年，是葡萄牙最早做公共交通运营的公司，他们的第一条线路于当年 11 月 17 号投入运营。不过当时的"美国式电车"指的是"用马拉的电车"，直到 1901 年，里斯本才拥有了第一条名副其实的有轨电车线路。在 20 世纪 40 至 80 年代，欧洲很多国家开始摒弃速度较慢的有轨电车，发展地铁和公共汽车等公交工具。里斯本那时也关闭了一些电车线路，不过电车公司最终保留了 5 条电车线路和 58 辆黄色电车，这使得里斯本现在拥有了欧洲最古老的电车。

当我看到一辆辆电车从狭窄的小巷里穿出来时，当然会意识到这不是梦境，而是活生生的生活。来自世界各地的很多游客都认为，乘坐着拥有百年历史的电车，穿越窄窄的街巷，看着贴满瓷砖的老房子，这样的里斯本让他们感觉古朴而亲切。

旅游是葡萄牙的经济支柱

在拥有 1100 万人口的葡萄牙，从事与旅游有关的人口，至少有 300—400 万。

出了里斯本市区，沿着大西洋海岸，连绵不断的都是各种度假村和别墅区，几乎看不到工业区和普通居民区。

旅游业是葡萄牙的支柱产业，也是葡萄牙外汇收入的重要来源和弥补外贸赤字的重要手段。葡萄牙历史悠久，文化多元，遗产和古迹多，旅游资源丰富，国土虽小，景色却丰富多样，南北民族风情也各异。在葡萄牙待一两天，不用长途奔波，无论你是到酒都波尔图，还是到黄金海岸阿尔加维，无论是到"美酒美食之都"阿连特茹，还是到世外桃源亚速尔群岛，都可以全面领略风格各异的自然、人文景观。

美食是旅游业中不可或缺的元素，国菜鳕鱼、烤乳猪、葡式蛋挞，以及美味的海鲜和葡萄酒都是葡萄牙闻名的美食。

宜人的气候、安全的环境也有利于葡萄牙旅游业的发展。里斯本因受大西洋暖流影响，全年气候良好，舒适宜人，冬不结冰，夏不炎热。夏季7月气温最高，达到37摄氏度，冬季1月份气温最低可达2摄氏度。雨水适中，即便在冬季，气候也很湿润。葡萄牙政治稳定，治安状况总体良好，盗窃事件虽难免发生，但抢劫等恶性事件鲜见。

葡萄牙政府一直重视发展旅游业，在经济部设有旅游国务秘书一职统管旅游相关事宜。2007年还成立了葡萄牙国家旅游局，将原有旅游管理部门的资源和职能进行整合，负责旅游业的总体规划，制定旅游政策，积极对外宣传，并对旅游产品实行有力监督。

面向大西洋的灯塔

埃菲尔铁塔作者另一杰作：里斯本圣胡斯观光升降机

里斯本街头马车

葡萄牙政府还制定了2006—2015年国家旅游战略规划,进一步促进旅游业的繁荣,推动国民经济的发展。规划从旅游地的建设、重大节日的开发、航空交通的衔接、旅游品牌的打造等11个方面展开,并设定了2015年的到达目标。国家旅游局还予以专项资金支持,3年总计支持资金达1亿欧元。

除了硬件投入,葡萄牙的旅游业发展还有一个资本,就是人性化的服务和对细节的注重。我们入住的一家名为"NEYA"的旅馆,虽然并不高档,但有许多替客人考虑的细节令人称道。例如,澡盆伸手可及的地方,垂有一根嵌着"SOS"小红牌的拉线,那是为老年游客准备的,一旦有事,可以快速地识别并呼救。

各色人种在这里生活

在葡萄牙逗留期间,我看到有各种肤色的人生活于此。

葡萄牙与非洲很近,跨过不宽的地中海就是非洲大陆。所以,历史上这里的跳板作用就很明显,加上葡萄牙对美洲的殖民开发,它的国际化程度更加深刻。

葡萄牙有"移民之国"之称。"移民之国"是个双向概念:一方面,葡萄牙人大批移居外国;另一方面,大量外国人移居葡萄牙。可以说,在葡萄牙随

各色人种在葡萄牙

处都可以碰到外国移民或其后裔；在世界各地，几乎都可以找到葡萄牙侨社和葡侨团体。

葡萄牙南部海岸线长，有众多濒临大西洋面向非洲的城市，如萨格里什、卢什、拉哥斯、阿尔布费拉、法鲁、奥良等。非洲一些国家以前是葡萄牙的殖民地，因此葡萄牙南部有很多来自以前殖民地国家的移民。由于这些移民以黑人血统居多，所以葡萄牙目前有大量人口是有黑人血统的混血儿或纯黑人。葡萄牙以前曾受阿拉伯人统治，因此北部人种有的来自北欧。

葡萄牙在历史上曾经被摩尔人入侵，至今在辛特拉山上还保存着摩尔人的城堡。摩尔人，是中世纪时西欧葡萄牙人和西班牙人对北非穆斯林的贬称。自19世纪末20世纪初，法国入侵并统治西部非洲后，摩尔人就专指生活在撒哈拉沙漠西部地区的居民。历史上，摩尔人常被认为是邪恶的化身，命运都很悲惨，比如阿拉丁神灯的伯父就是摩尔人。

711年，摩尔人入侵伊比利亚半岛(今天的西班牙和葡萄牙)。1139年7月26日，葡萄牙国王阿方索一世击败了一支摩尔人的军队。此后他的注意力就集中在与摩尔人进行斗争上，以扩大统治地域，之后他取得了一系列的胜利。

葡萄牙是航海事业的先行者，其船只到过并影响了很多地方，如印度、巴西和中国的澳门。非洲的安哥拉、几内亚比绍、莫桑比克等国家都是以葡萄牙语为官方语言。

1996年7月17日，葡萄牙语国家共同体在里斯本正式宣告成立，由位于欧洲、亚洲、非洲和拉丁美洲的8个官方语言为葡萄牙语的国家组成。这8个国家分别是葡萄牙、巴西、安哥拉、莫桑比克、几内亚比绍、佛得角、圣多美与普林西比岛、东帝汶。

葡萄牙一直采取活跃的外交策略，其重点是欧洲问题及与欧盟各伙伴的关系。葡萄牙把密切同葡语国家共同体的关系，尤其是同安哥拉和莫桑比克等非洲国家的关系作为外交重点之一。葡萄牙还寻求加强与独立的葡语国家东帝汶的合作，虽然后来东帝汶经过投票，把英语定为了官方语言。

小国之大，大在人种和语言，还有世界意识的居留选择，这是我在葡萄牙的一个印象。

葡萄牙人为之骄傲的航海大发现

在葡萄牙与人交谈，高频词是大海，这个国家是海之子。

提起地理大发现的大航海时代，首先应该提到的是欧洲小国葡萄牙的远航事业；提起大航海时代的葡萄牙，首先应该提到的是葡萄牙国旗上那一片绿色所代表的亨利王子。亨利王子的全名是唐·阿方索·恩里克，是一位葡萄牙亲王。

我们去的时候，正逢每年9月的航海节。在最为著名的航海大发现纪念广场，身着白色海军军服的官兵，正在操演献花仪式，准备在各界名流集会时，由他们向航海祖先献花致敬。

著名的航海家恩里克王子在15世纪早期就创办了地理研究机构，以获取黄金、象牙和奴隶为目的，进行了多次非洲西岸的探险活动，先后发现了马德拉岛、佛得角群岛，还到达了几内亚湾。葡萄牙人对恩里克王子怀有极高的崇拜，以致把他过于神圣化了，还特意为他建立了纪念碑。在里斯本著名的帝国广场（也称"航海大发现广场"）上，一座高大挺拔的乳白色大理石纪念碑屹立在波涛汹涌的特茹河畔。在由一组群雕构成的基座上，笔直的碑柱直插云霄。从侧面看去，纪念碑犹如一艘在大海中劈波斩浪、昂首航行的大船。基座上雕刻的数十个人物都是葡萄牙航海家和航海事业的历史功臣。纪念碑正面的碑文写着：献给恩里克和发现海上之路的英雄。这个纪念碑是葡萄牙航海大发现奠基人恩里克王子逝世500周年时所建，因此又称"恩里克王子纪念碑"，也称"航海纪念碑"。

恩里克王子逝世之后，葡萄牙的航海事业继续前进。1487年，迪亚士的船队到达了非洲南端，发现了好望角，并进入印度洋；1497年，达伽马的船队沿着迪亚士的航线，继续向东，经莫桑比克、肯尼亚，开辟了从大西洋绕非洲南端到达印度的航线。葡萄牙通过对新航路的发现，打破了阿拉伯人控制印度洋

航海大发现纪念广场

每年为航海大发现者献花

航路的局面，垄断了欧洲对东亚、南亚的贸易，成为海上强国。

历史上，葡萄牙曾经是一个航海大国，直至今日，葡萄牙的航运业仍十分发达。同时，葡萄牙也是拥有较为丰富的海洋污染防治经验的国家之一。从罗卡角的历史，就可以看出葡萄牙人的海洋意识。罗卡角在葡萄牙的最西端，也是整个欧洲的最西点，可谓是欧洲的"天涯海角"。在罗卡角的山崖上，有一座面向大西洋的十字架，上面写着葡萄牙著名诗人卡蒙的一句话，翻译成中文是"陆止于此，海始于斯"。这个大陆"结束"的地方，在葡萄牙人的眼里却是真正的"开始"。

葡萄牙的渔业资源非常丰富，仅靠捕捞就可以自给自足，但在葡萄牙却有着较大规模的水产养殖。葡萄牙人对于环境的要求可谓达到了苛刻的地步——这个国家优美的自然海岸线为所有国民保留，破坏自然海岸线的环境来建造房屋或者开展海洋工程是被法律禁止的。葡萄牙人珍视海洋，对海洋的探索曾使他们收获了财富和梦想，对海洋的热爱和保护海洋的理念已深入到葡萄牙人的骨髓。

鳕鱼是佐餐的最爱

走进葡萄牙的食品超市，最显眼的地方摆放的不是别的，而是鳕鱼干。我们看了一下价格，每千克 5.99 欧元，约合人民币 50 元左右。

鳕鱼是葡萄牙的国菜。如果说"Fado"是葡萄牙民族在音乐文化方面的象征，那么鳕鱼及其烹饪就是这个民族饮食文化的典型体现。鳕鱼在葡萄牙有一个奇特的别称，叫"忠实的朋友"。只要提到"葡萄牙人的忠实朋友"，那无人不晓是指鳕鱼。

葡萄牙人自古就爱吃鳕鱼。葡萄牙是世界上最大的鳕鱼食用国，葡萄牙人对鳕鱼的消费热情在世界上也是数一数二。每年的圣诞节，家家户户都要准备丰盛的"年夜饭"，三样美食必不可少：一是甜食，二是火鸡，三是鳕鱼。

III 结识大西洋之子：葡萄牙

里斯本的超市

葡萄牙人的最爱：鳕鱼干

鳕鱼具有很高的营养价值。在北欧，鳕鱼有"餐桌上的营养师"之称，葡萄牙人则更为直接，就叫做"液体黄金"。鳕鱼肉丰刺少，味道鲜美。有营养学家指出，它虽然蛋白质含量非常高，但脂肪含量极低，几乎和鲨鱼肉一样，不到总营养成分的5%。更有营养的是，鳕雪肝脏中含油量达45%，富含维生素A、维生素D、维生素E。

到葡萄牙后，你会发现，关于鳕鱼的营养和吃法，葡萄牙人有着深入而细致的研究。在葡萄牙，每年都有"鳕鱼文化节"，还成立了鳕鱼学会，城市中也随处可见专做鳕鱼的餐馆。据说，当地至少有365种鳕鱼的烹饪方法，其中最著名的是"蒸鳕鱼"。鳕鱼可以蒸着吃、烤着吃，还有玉米果仁鳕鱼、蒜香鳕鱼、番茄焗鳕鱼。另外，腌制的鳕鱼干也是百姓饭桌上的最爱，既可以直接食用，又可混合在土豆泥中拌成沙拉。

鳕，海洋鱼类，海洋世界的大家族，是鳕科鱼类的统称，广泛分布在大西洋和太平洋北部水域，已知约有500余种，是海洋渔业的主捕对象，具有很高的经济价值、药用价值和营养价值。商业捕捞的鳕鱼隶属鳕科、无须鳕科和长尾鳕科。价值最高的是真鳕，其中又以挪威和北大西洋出产的大西洋真鳕价格最高。

近年来，由于鳕鱼的生存条件变化、繁殖速度变慢以及人类过度的捕捞等原因，鳕鱼的产量明显下降。由联合国粮农组织提供的统计数字显示，自20世纪70年代以来，大西洋鳕鱼物种的捕获量减少了70%。在葡萄牙，环保者们计划继续呼吁人们放弃食用鳕鱼。尽管这一呼吁似乎完全被人们忽视，但是并不会让环保者退缩，他们必须要让人们认识到保护鳕鱼的必要性，为了子孙后代，要保护这一物种。

我们尝了一下鳕鱼干，虽然它又咸又硬，并不好吃，但因为是传统吃法，得到了当地很多怀旧人士的喜爱。这大概也如同中国的腊猪蹄之类的食品吧，自珍者爱之。

水上飞机跨洋壮举

在里斯本街头，我看到了一架老式的水上飞机，它被安放在高台上，供四方游人观瞻。这是一架有什么丰功伟绩的飞机，如此受到葡萄牙人的推崇呢？

原来，葡萄牙曾经长期对巴西实施殖民统治。这个领土不到10万平方公里的小国，居然统治领土有数百万平方公里的大国巴西长达数百年，至今巴西的官方语言仍为葡萄牙语，两国之间的关系是一种非常独特的关系。

"巴西"国名从何而来？1500年4月22日，葡萄牙航海家佩德罗·卡布拉尔抵达巴西，并将这片土地命名为"圣十字架"，归葡萄牙所有。由于葡萄牙对巴西的掠夺是从砍伐巴西红木开始的，"红木"逐渐取代了"圣十字架"成为巴西国名，其中文音译为"巴西"，并沿用至今。1825年，葡萄牙宣布巴西独立。

巴西是葡萄牙原殖民地，因此葡萄牙与巴西一直保持着一种紧密的关系。两国虽然相距遥远，但无论是官方还是民间都往来频繁，相互的移民也很多。葡巴两国在各个领域的合作也比较密切，两国相互加强在经贸、科技、能源开发、体育、文化和投资等方面的合作，通过双方共同努力，进一步扩大和深化双边

III 结识大西洋之子:葡萄牙

合作关系。葡语国家共同体就是在两国紧密合作的促进下成立的。

葡萄牙与巴西之间的直线距离达 8000 多公里,而海上航路则有 1 万多公里。这样遥远的距离,加上跨越赤道等复杂的地理与气象条件,葡萄牙与巴西之间的交通十分不便。以往一任总督从葡萄牙国内赴巴西上任,路上要走几个月,遇到风暴甚至会船毁人亡。因此,葡萄牙上下一直把开辟两国之间直达和快速的航路作为一件大事。

19 世纪莱特兄弟发明了飞机以后,葡萄牙一直关注着这种新的航空器对本国可能带来的巨大作用,迫不及待地要运用它改善本国与巴西之间的交通条件。

飞机用于军事的进程,大大快于民用,这是航空业早期发展的一个特点。那时的军用飞机并不要求飞机的航程很大,只要能够载弹和战斗,能短途飞行即可。而葡萄牙迫切希望得到的是拥有长距离飞行性能的飞机,但是这种一站式直达的飞机很晚才出现。

迫不及待的葡萄牙人于是想到了水上飞机,他们想到了运用这种飞机实施"蛙跳式"的飞行。飞一段在海面上落一段,这样就可以完成孜孜以求的从葡萄牙飞到巴西的梦想。

经过长期的精心准备,1922 年 3 月 30 日,水上飞机自葡萄牙至巴西的空中首航壮举终于开始。

20 世纪 20 年代的飞机,还不可能采用现代高强度的合金材料,在复杂空域,特别是海上多变的气象条件下,水上飞机就像大风筝一样脆弱,非常容易发生不测。在这种技术条件下,驾驶只有单个发动机的轻型水上飞机进行远洋飞行,

从葡萄牙跨洋首飞巴西的水上飞机

水上飞机飞离的葡萄牙大西洋之岸

不能不冒极大的风险。两名勇敢的葡萄牙海军飞行员,就驾着这种今天看来非常简陋的双层翼飞机,从葡萄牙首都里斯本飞到了巴西的里约热内卢,实现了首次驾机征服南大西洋的壮举。

这次飞行使用的是法莱ⅢD水上飞机,由英国法莱飞机制造公司生产,葡萄牙海军当时购买了11架。这种飞机仅配置了1台罗尔斯·罗伊斯发动机公司生产的"鹰4"型12缸冷活塞式航空发动机,功率360马力。

不仅飞机性能做不到长时间和长距离飞行,当时的无线电水平也不可能提供基础的导航条件。两名葡萄牙飞行员的飞行,可以说是一次奋不顾身的冒险,是一次前所未有的壮举。单台发动机的飞机飞越大西洋,要求飞机的性能非常可靠,飞行员技能十分高超。

我打开地图审视从葡萄牙到巴西的这段空间,发现当年这架飞机出发后向南,沿着非洲大陆的飞行是一个非常困难的任务。因为沿途要经过的是撒哈拉沙漠等荒无人烟的地方,还要贴着海岸飞行,也没有后勤保障的条件。而且从非洲大陆到美洲大陆之间,只有佛得角群岛一个支撑点,其余全是风暴频发的茫茫大洋。

葡萄牙人为这次壮举提供的支持,依靠的仍然是他们的看家本领——航海。载有燃料和配件的船只,在大洋上按照他们祖先于地理大发现时探明的海图行走,并且为水上飞机提供地标式的导航。在遇到大风暴的时候,飞行员可以回到船上避风。至于补给和维修,更是依靠水面船只进行。可以说,葡萄牙的航海本领,直接保障了这次"蛙跳式"航空壮举的成功。

从1922年3月30日至6月17日,举世瞩目的葡萄牙至巴西首航终于完成,空中累计飞行时间达到60小时14分,平均时速为133公里,历时两个多月。从此,葡萄牙与巴西之间的空中航路终于打通,而水上飞机的战略作用,也释放到了顶点。

为了纪念这次伟大的飞行,葡萄牙采取了多种纪念方式,包括把那架水上飞机放在街头供人观瞻。除此以外,葡萄牙还于1978年把担任这次飞行的飞行员库丁霍的头像,印在了票面为20埃斯库多的钞票上。这种只有民族英雄才能得到的荣誉,永远留在了葡萄牙的记忆里。

法莱ⅢD 水上飞机
Fairey ⅢD
首次飞越南大西洋

历史名机

两名葡萄牙海军飞行员驾机首次飞越南大西洋使用的法莱ⅢD水上飞机，是由英国法莱飞机公司生产的，葡海军购买了11架。该机装用1台罗尔斯·罗伊斯公司生产的"鹰Ⅷ"(Eagle Ⅷ)型12缸液冷活塞式发动机，功率360马力。单台发动机飞越大洋，要求它性能可靠

本版绘画由 Rolls-Royce 提供

20世纪20年代的飞机，结构还较脆弱，风吹雨打容易出险，同时其性能也很有限。在这种条件下，驾驶单发动机的轻型水上飞机，飞越宽阔的海洋，不能不冒极大的风险。1922年3月30日至6月17日，两名葡萄牙海军飞行员，驾驶法莱ⅢD双翼机，从里斯本飞抵巴西的里约热内卢，实现了首次驾机飞越南大西洋的壮举。

法莱ⅢD飞机翼展14.06米，为了飞越大西洋，经改装，加长至19.18米；机长11.01米；高4.00米；起飞重量3290公斤；最大时速153公里；爬升率107米/分；航程2400公里。

单发单机首次飞越大西洋的壮举，空中积累飞行时间60小时14分，平均时速133公里，历时两个多月。

中国杂志对这次飞行的介绍

贝伦堡：里斯本城市的象征

中国现存五百年以上的建筑物并不多，那是因为中国式的木结构建筑物抗蚀性较差。西方则习惯用抗蚀性更强的石料做建材，所以大量中世纪的建筑物遗存至今。这次来葡萄牙的所见再次证实了这个结论。贝伦堡，这个建在河滩上的经典古堡，抗风雨、抵盐碱，至今完好，已被列入了"世界文化遗产"名录。

就像矗立在入海口处的自由女神象征着纽约，耸立在特茹河港口的贝伦堡也是里斯本的象征。1983年，贝伦堡被联合国教科文组织确定为"世界文化遗产"。作为最古老的建筑之一，贝伦堡不仅是葡萄牙辉煌历史的见证，还凭借独特的建筑风格和深刻的历史意义吸引了来自世界各地的旅游观光客。每逢涨潮时分，顶部的塔楼仿佛浮在河面上，在灯光的映射下，庄严高洁。可以说，贝伦堡是里斯本最上游客镜头的风景点之一。

贝伦堡位于里斯本西南边的贝伦区，也称贝伦塔，是一座建立在孤岛上的塔式要塞，与特茹河入海口南岸原有的另一座要塞形成一道保卫屏障。它建于曼努埃尔一世时期的1514—1520年间，佛朗西斯科·德·阿鲁达被任命为贝伦堡总建筑师。建设它的初衷是防御敌人、守卫城市，然而随着地理大发现时代的来临，贝伦堡渐渐演变为远洋航行的港口，成为葡萄牙开始地理大发现乃至争夺海上霸权的起点，也是葡萄牙海盗式冒险航海的见证。

摩尔人曾经统治过葡萄牙，佛朗西斯科·德·阿鲁达又在北非生活过，深受伊斯兰国家的影响，故贝伦堡在建设过程中运用了大量摩尔人和阿拉伯人的艺术元素，比如岗亭顶端的胡椒粉盒形状的炮台。不仅如此，为了凸显皇权，堡上刻有许多曼努埃尔的象征物，宛如厚实的石绳环绕着贝伦堡身。还有许多与海洋和航船相关的图案，这也预示了葡萄牙后来举世闻名的远洋航海之旅。

游客需要走过一座吊桥才能进入贝伦堡。贝伦堡有两个部分：堡身和壁垒。

III 第三部分

结识大西洋之子：葡萄牙

世界文化遗产——葡萄牙贝伦堡

正在修缮的贝伦堡　　　　　　　　　　　　　　　　与贝伦堡铜模合影

　　堡身全部由大理石打造，有五层，顶端是瞭望平台，陈列着16世纪时期的文物，内部有四个带拱顶的房间；壁垒上则建造了许多炮台，用以安装大炮，地板中间高，边缘低，这样有助于保护大炮，也可以快速排干积水。

　　贝伦堡的用途也与时俱进，不断改变。它曾经被当作防御堡垒和港口，尔后被当作海关、电报站甚至是灯塔，储藏室甚至曾经被改造成地牢和监狱。贝伦堡靠海，涨潮时，关押在最底层的犯人就有可能被淹死，所以最底层的都是罪行很重的犯人。

　　数百年间，贝伦堡经历了无数次的改造，但都没有改变原有的整体风格，现在的贝伦堡仍能明显看出中世纪的文化痕迹。如果到了里斯本却没能参观贝伦堡，那是很遗憾的。

　　如今，葡萄牙人用黄铜铸造了一个微缩的贝伦堡，放在特茹河岸边供人参观。有好事者向塔孔里投硬币，冀求好运。这座造型美观的古堡经历过太多的风雨，它的坚强是不言而喻的，相信会给世界各地的游人带来吉祥。

近识本菲卡足球队

你知道世界上会员人数最多的足球俱乐部是哪家吗？不是英格兰的曼联，不是西班牙的皇马，不是意大利的罗马，不是德国的拜仁慕尼黑，也不是巴西的弗拉门戈或阿根廷的河床，而是葡萄牙的本菲卡。本菲卡俱乐部注册缴费会员人数达 16 万之多，是一个名副其实的超级俱乐部，已被载入"吉尼斯世界纪录大全"。

所以，我在葡萄牙逗留期间，就打定主意要去看一下本菲卡，看看它的主场——光明足球场。

来到本菲卡的主场后，我感受到这里的强烈气场。虽然这天没有比赛，但是很多球迷还是聚在场外，还有不少来自世界各地的游客。

足球是葡萄牙人民最热爱的运动，关注和参与的人数最多，被称为"体育之王"。全国的职业足球运动员高达五六万人，各类俱乐部千余个，被划分为甲乙丙丁四个级别。每当全国足球锦标赛甲级联赛举行时，全国人民的生活除了足球外好像一切都暂停了，到现场观看比赛的民众多达 100 余万人次，差不多每 10 个葡萄牙人中就有 1 人去现场看球赛。

里斯本本菲卡体育俱乐部成立于 1904 年，历史悠久。本菲卡足球队历史上 7 次打入欧冠决赛，成绩仅次于皇家马德里、AC 米兰和拜仁慕尼黑，是一支在世界享有盛誉的球队。

本菲卡队与湖北也有着不解之缘。早在 1996 年，作为欧洲足球豪门的本菲卡队就来过武汉，与当时的美尔雅足球队进行了一场商业性比赛。比分当然只是参考，美尔雅不可能与本菲卡匹敌，但这场比赛给湖北人留下了很深的印象。本菲卡队离开武汉后去了昆明，与八一队也踢过一场比赛，以四比一取胜，那丢的一球也是带有友谊与和谐性质的。

我站在光明球场，视线投到引人瞩目的尤西比奥青铜雕像身上。在葡萄牙，屡建战功的足球运动员通常会受到全体国民的尊敬和爱戴，尤西比奥绝对是葡萄牙人最爱的球星。有人说，尤西比奥之于葡萄牙足球，就好比贝利之于巴西足球，又好比马拉多纳之于阿根廷足球。

尤西比奥1943年出生于非洲莫桑比克，是20世纪60年代一位传奇而出色的运动员，他的一生和足球密不可分。尤西比奥最为出名的能力当属迅雷不及掩耳的突然启动和加速，他

尤西比奥雕像立在本菲卡主场外

也因此有"黑豹"之美誉。本菲卡在1961年和1962年连续两年问鼎欧冠，尤西比奥功不可没。1966年英格兰世界杯大赛中，尤西比奥凭借大将风采和不轻言放弃的精神赢得了很高的声望，成为了葡萄牙人民心中的民族英雄。尤西比奥的存在使得本菲卡足球队大放异彩，他本人也获得了很多国内国际大奖。

1975年后，尤西比奥先后效力于加拿大和美国的俱乐部。在1980年，他结束运动员生涯，回到本菲卡足球队担任教练，后来又担任足球学校的校长，为培养青少年足球人才而默默耕耘。1992年，尤西比奥50岁时，本菲卡俱乐部在其主场为这位伟大的球星竖起一尊抬脚欲踢射的铜像，以表彰他所作出的贡献。不仅如此，2008年，尤西比奥还出现在葡萄牙硬币上，这种荣誉在一般情况下可只有开国元首才能享受。

话又说回来，葡萄牙毕竟国力有限，付不起高于欧洲其他国家的球员酬金，所以球星外流现象很严重。但其亦有应变之道，即聘请非洲年轻又有潜力的球员，精心培养，过不了三两年就能出一个主力。葡萄牙是聘用非洲足球运动员最多的欧洲国家之一，这也成为了葡萄牙足球的特色。

III 结识大西洋之子：葡萄牙

总统府的卫兵

如今的葡萄牙没有国王和王室，却仍有王室风格的卫兵，以及保留着王室时代的换岗仪式。

葡萄牙人是世界上性格双重性表现最明显的民族之一，在很多情况下，威严与轻松和谐相处，就好像庄严的总统府与街头的游人"面对面"，而你不会感觉到丝毫冲突一样。

葡萄牙总统府贝伦宫是庭院加花园式的建筑群，坐落在贝伦区山丘上、特茹河岸边。这个建筑群始建于 16 世纪，后历经修扩，曾是君主的王宫，在共和国成立之后，成为总统官邸。其建筑呈现出明显的巴洛克风格，华丽而浪漫。

贝伦宫门口两侧，分别站着一位高大威武的卫士。他们戴着马尾般的头盔，上身着深蓝色军服，斜披白色绶带，右胸口佩戴勋章，双手戴洁白手套并持军刀，下身穿白色军裤，脚蹬黑色军靴，最扎眼的是还戴着黑色墨镜。看起来颇不好

葡萄牙总统府门口　　　戴墨镜的总统府卫兵　　　总统府对面快乐的街头小贩

接近的他们，对于想要拍照的游客，却会很有礼貌地配合。

每个月的第三个周日上午，贝伦宫门前都会举行卫兵换岗仪式。大概十点半时，警察会封锁总统府门前的道路，暂时禁止行人通行，在一群乐队鼓手的后面，一组皇宫卫队大约22人会从总统府整齐列队而出，整齐站立。很快，就能听到另一支乐队鼓声，另一组卫队在乐队后面慢慢靠近总统府，然后在两个领队做好短暂交接、奏完国歌后，6名接班卫兵走出队列并走进总统府，其中两人将总统府门前的卫兵换下。这时，一支马队踢踏着碎石路招摇而来，一匹匹高头大马，一个个仪表轩昂的骑兵，将换岗仪式推向高潮。期间，音乐一直不停。最后，6名原驻守卫兵走出总统府，与另外的22名卫兵一起离开，新当值的卫兵陆续进入总统府。换岗仪式至此结束，整个过程大约持续40分钟。

我们去的时候，总统府对面有两个卖柠檬的青年，他们长得很像，可能是兄弟。最吸引人的不是他们高大的遮阳伞，不是干净摊位上金黄的柠檬，也不是桌上复古扎眼的收音机，而是他们脸上热情、纯粹、快乐的笑容，还有面对镜头释放出的善意和友好！尽管他俩是在总统府对面做小生意，但是周边的气氛却非常自然和谐。

与其他民族一样，葡萄牙人的民族性格与其历史文化有关。他们温和而宽容，在公共场合基本上不会吵架，更遑论破口大骂、大打出手了，这与其多种族多民族的历史文化融合有关。葡萄牙人一方面热情好客，来访者哪怕是陌生人，他们都会敞开大门，用美味的咖啡或者奶酪招待客人，并且他们对外国友人在语言方面极为照顾，会想方设法与之交流；另一方面，葡萄牙人又比较传统保守、内向深沉，与西班牙、意大利人相比，他们显得非常低调和深沉，没有一定交情是绝不会畅谈的，非常注重保护个人和家庭隐私。

总之，葡萄牙人的性格具有双重性，然而这种双重性又能神奇地和谐共处。在整个欧洲版图上，葡萄牙算是个工业不甚发达的国家，还留有不散的乡村情结，这可算是其民族性格之社会背景。

我们也呼朋唤友，贴近卫兵拍照留念，卫兵一点也不介意，纹丝不动，好像一座石雕一样。

"1998 里斯本世博会"遗产

当我第一眼看到里斯本世博会的建筑群,特别是那条用张拉膜做成的中轴线造型时,产生了一种强烈的似曾相识感。哦,上海,2010年世博会的会址,依稀可以看到里斯本世博会的影子。

1998年,正值葡萄牙著名航海家达伽马远航印度500周年,里斯本举行了以"海洋——未来的财富"为主题的世博会。此次世博会总投资20亿美元,共有144个国家和16个国际组织参展,1000万人次参观。通往特茹河畔的大道边,当年参展国和国际组织的旗帜至今仍在蓝天下高高飘扬。

世博会园区选址在里斯本东部的特茹河畔,这里曾长期处于衰败状态,四处分布着各类或污染或危险的设施,例如垃圾场、屠宰场等。如今这里环境优美、风光秀丽、特色鲜明,全得益于葡萄牙政府的决定——借举办世博会之机大力改善此城区的基础设施建设,并明确提出了"修建永久性建筑、促进旅游业、改善环境"三项设计原则。

里斯本世博会设计的空间形态非常"亲水",保留原有的港池作为最主要的开放空间,周边布置五个主题展馆,体现出海洋的主题。不仅如此,政府对会场设施和环境功能的后续利用非常重视,五个主题展馆基本上都作为永久性建筑,具有明确的后续利用计划。同时,政府还大力发展区域道路交通网络建设,包括桥梁、公路、铁路、地铁,甚至空中缆车和水上交通等等,以确保世博会期间人流车流的畅通集散。

世博会后,展区内的绝大多数建筑都被保留下来,改变功能再利用,重新使用率高达90%:葡萄牙国家馆成为政府的办公大楼;世博会园区变成一座美丽的万国公园;海洋馆成为欧洲最大的水族馆,每年都能吸引数百万的游客;乌托邦馆目前作为多功能活动厅,每天都会举行四场多媒体科幻演示;世博会开幕前兴建的欧洲第二长的跨河大桥，现在已经成了连接河流两岸的重要枢纽，带动了对岸的发展……

　　葡萄牙政府这种预见性，一方面保证了世博会的顺利完美进行；另一方面，促进并带动了区域基础设施的完备、环境的改善和旅游业的大发展。

　　2010年上海世博会在选址、设计及建设各个方面都学习并参考了里斯本世博会。会址选择黄浦江两岸，与里斯本世博会有异曲同工之妙；设计上，上海世博会参考了里斯本世博会的有效经验，尽可能建设永久性建筑，"一轴四馆"（即世博轴、中国馆、世博会主题馆、世博中心和世博文化中心）就是五个标志性的永久建筑；同时在建设过程中，特别重视环保和节能，在环境方面保护与发展得很好；在城市交通方面，与里斯本世博会一样，修建了许多公路、铁路和地铁，通往世博园的不仅有陆路还有水路。

　　上海世博会已圆满结束，它不仅促进了贸易的发展，也推动了上海旅游业和基础设施建设等方面的发展，还进一步提高了上海的国际地位，并将在未来

里斯本世博会主会场

III 结识大西洋之子：葡萄牙

第三部分

世博会旗杆至今挂满各国旗帜　　　　　　　　里斯本世博会表演馆

继续发挥可持续利用价值。

　　而在里斯本世博园，如今早已没有了 15 年前的喧哗，但仍然吸引着世界各地的游人，络绎不绝前来观光。这一组建筑杰作是人口仅有 1100 万人的葡萄牙之新国宝，历史必将证明这一点。

小石块铺路的传统

　　运用抓拍技术，我在不惊动被摄者的情况下，拍下了这位工作中的葡萄牙铺路工人照片。他正在铺的是葡式石块路，一种需要注入技术与耐心的城市道路。

　　行走在葡萄牙的大街小巷、广场步行街等行人通道上，你会惊讶地发现脚下所踩地面全是一块一块小石头铺成的。碎石路面上各种各样或异域风情或精致唯美或别致可爱的图案让人不禁担心会破坏脚下的美丽，然后不忍"涉足"。碎石表面一般都凹凸不平，当你走上去时，脚心、脚跟都会感受到碎石按摩的

里斯本铺石块路工人　　　　　　　　葡萄牙到处可见石块路

刺激，有重有轻有深有浅，身体随之摇曳，别有一番风韵。

　　小石块铺路学名称"葡式碎石路"，主要是葡萄牙及其殖民地用来铺砌行人路面的传统方式。在葡萄牙，碎石路面多见于广场和行人专用区。古朴小巷的碎石路多用普通青石，比较简单，略显单调却更具人文气息；著名广场或大城市重要人行通道的碎石路则用高级石料铺砌成异彩纷呈的图案。这种铺砌的手工艺术源于美索不达米亚。当时美索不达米亚以石料作为建筑物内部和外部的建材，然后把技术传到了古希腊和古罗马，古罗马人就用石头材料铺砌成街道以接通帝国宫殿和通道，后来到葡萄牙生活的阿拉伯人给当地带来了碎石铺路技巧。

　　科布英拉市曾是葡萄牙的都城，这个城市有一个非常著名的碎石铺路范例——葡萄牙皇后伊丽莎白头像。这个图案已有数百年历史了，至今仍然栩栩如生。在里斯本，有红黑相间的石块铺成"盾"形的通道，有黑白相间的石块铺成波浪形的通道，还有帆船、指针、鲸鱼、贝壳等各种图案"地毯"。

　　澳门的象征性标志大三巴牌坊前坡地，正是用一块块的石块呈一定规则铺砌而成。大三巴牌坊矗立在山坡最高点，其实它不是牌坊，而是圣保禄教堂的

III 结识大西洋之子：葡萄牙

里斯本步行街

正壁,"三巴"是早期当地人对圣保禄的别称。澳门作为闻名世界的赌城,为当时名义上的主权国家葡萄牙带来了丰厚的收入。1990年澳葡政府重金从葡萄牙请来技师,在议事亭前地到板樟堂前地铺砌黑白相间的波浪形路面。此后,就进一步扩大了铺砌碎石路的范围。到过澳门的人,都对那些不平而平的道路留下了深刻印象。

在葡萄牙,经常可以见到修路的技工师傅手拿不同大小的石块,认真比划着铺砌。铺砌碎石路,技术要求和花费成本都很高,技工师傅需要花很长时间和很多心思才能把碎石放在特定的位置,因此在葡萄牙,除了原本就存在的历史悠久的青石路外,一般只对人们经常集中的路或者位置比较重要的广场进行铺砌。

现代铺路技术日新月异,效率也很高,加上城市化速度加快,发达国家普遍运用改性沥青铺路,这种碎石路在城市里是越来越少见了。但是在葡萄牙、澳门和巴西,这种路几乎随处可见,这其实也体现了不同的文化背景、生活风格和民族性格。

新推出的黄金购房移民政策

外国人到葡萄牙去定居,这在过去不是一件容易的事。但是,在全球金融危机的催化下,葡萄牙政府开始松动了闸门。

自2011年以来,葡萄牙深陷主权债务危机,经济持续衰退,国内消费和投资严重萎缩,就业形势急剧恶化。为获得国外投资以拉动国内经济,2012年10月8日,葡萄牙大开门户,面向个人实行了"以投资换居留"的移民计划,又称"黄金居留许可",方式有三:吸纳投资资金、解决就业岗位或投资房产(即购房移民政策)。

购房移民政策允许非欧盟国家公民在葡萄牙购买房产并支付50万欧元(以

2013 年 9 月底汇率，折合人民币 410 余万元）或以上的房款，凭地契或购房合同，即可开始办理移民，办理周期为 2—3 个月，办成后首次可获 5 年居留权，期满可延长，这是实际上的永久移民。

众所周知，取得发达国家尤其是欧盟国家的国籍是非常困难的，它们对申请人在本国的居住时间有相当年限的条件限制，有的长达 10 年。葡萄牙则不然，在获得居留权的 5 年里，第一年居住满 7 天，其后四年分别满足每 2 年住满 14 天即可，5 年后可获得永久居留权，6 年后满足一定条件可申请入籍。可为家人申请家庭团聚，其直系亲属也可获得永久居留权。葡萄牙要求从获许居留之日起，有不低于 5 年的投资期限，但是所购房产 5 年后可任意处置。

据当地中文报纸介绍，2012 年 8 月 8 日，葡萄牙对旧移民法进行了修改，增设了"到葡投资的外籍人士居留签证"。公布的条例规定葡萄牙政府将为满足以下三条件中的任何一条的非欧盟公民办理"到葡投资的外籍人士居留签证"：（1）拥有 100 万欧元或者 100 万欧元以上的金融资产；（2）创立 30 个就业岗位；（3）购买 50 万欧元或者 50 万欧元以上的不动产。持该居留许可的外籍人士第一年需在葡萄牙居住 30 天，之后每两年只需要居住满 60 天即可。该政策从 10 月 8 日起生效。没过多久，葡萄牙政府又颁布条例，将居住条件分别降低为第一年 7 天和每两年 14 天。根据相关规定，若拥有了葡萄牙护照，则享受全球起码 156 个国家或地方的免签或落地签，葡萄牙人称得上名副其实的"世界公民"。这是欧盟 27 国，也是世界上所有发达国家中，全家取得公民护照的最便捷途径之一。

葡萄牙虽然不是传统移民国家，但是环境优美、和谐安定，福利良好，而此等机会又少见难得，故很多投资者动心并行动起来。截止 2013 年 9 月份，已有约 226 人提交申请，中国人数最多，有 168 个。其中已有 47 人成功获得"黄金居留许可"。

这些投资及其产生的税费都将为葡萄牙政府带来可观的收入，同时，投资移民的办理也带动了相关的房地产、建筑、律师和银行等行业的发展，对拉动内需有一定的作用。

对于投资者而言，任何投资都存在风险，所以需要谨慎周全。《葡萄牙日报》

濒海最贵的房子也有中国人来投资

曾援引国际货币基金组织的数据称,葡已经是世界税收第二高的国家,这意味着要考虑额外的投资成本;同时,申请办理时要找到可靠信息源,谨防上当受骗。

历史真是会开玩笑,100多年前葡萄牙人以上岸晾晒被海水打湿的货物为名,在澳门租地并长久居留下来,虽然他们不认为澳门是殖民地,但实际上在东方进行了百年的殖民统治。百年之后,居然在遥远的葡萄牙本土,资本驱动着西方向东方招手,这次是西方人希望华人登陆欧陆并移民,这可说是历史的轮回,魔力无穷。

中资企业走进这里

行走在葡萄牙,看到有不少人在用华为牌的手机,商店里也有不少中国轻工产品。但是,有关中国,葡萄牙人最近谈论最多的不是这些,而是中国资本在葡萄牙基础产业方面的进入。

大西洋西岸,里斯本。2011年12月30日,葡萄牙财政部大楼里,中国长江三峡集团董事长曹广晶,在并购协议上签上了自己的名字,宣布入主葡萄牙电力公司,这是欧盟国家国有资产首批向外资开放的一部分。

葡萄牙电力公司是一家以清洁能源发电的跨国集团,业务范围覆盖美欧等13个国家和地区。葡萄牙政府持有该集团21.35%的股份(共计7.8亿股)。为应对不断蔓延扩大的欧债危机,葡萄牙按照与欧盟和国际货币基金组织达成的协议,出手政府持有的国有企业股权。

同时参与竞标的还有德国能源巨头意昂集团、巴西国家电力公司、巴西赛米格电力公司、印度伯纳公司和日本丸红株式会社五家企业,竞争十分激烈。

进入第二轮竞标的只有中国三峡集团、德国意昂集团和巴西国家电力公司三家企业。葡萄牙和德国同为欧盟成员国,既有地缘优势,又在大的方针政策上步伐一致;葡萄牙和巴西同属葡语国家,颇具历史渊源;同时,葡萄牙媒体质疑中国企业可能会对葡萄牙经济构成威胁。在这种情况下,三峡集团赢得竞标一方面是靠实力说话,除了近27亿欧元的最高报价外,还附带了低成本长期银行融资及投资承诺,这对"求钱若渴"的葡萄牙而言,很是需要;另一方面每股3.45欧元的收购价,比德国意昂的3.25欧元、巴西国家电力公司的3.28欧元,高出不多,又觉险胜。

这次成功并购,让三峡集团成为葡电第一大股东,也让早就有开拓欧洲市场想法的三峡集团在欧洲的名气大振,为其进一步国际化奠定了基础。更具大局意义的是,这一笔近 27 亿欧元的交易开启了负债累累的欧元区向中国出售资产的先河。

据报道,葡萄牙财政和金融国务秘书玛丽亚·阿尔伯克基在 2012 年访问北京期间强调,中国一直是葡萄牙国债的重要投资者。

跟随三峡集团步伐,北控水务也开始投资葡萄牙。北控水务是北京控股的子公司,在香港联交所上市。2013 年 3 月 21 日,北控水务与法国威立雅水务在里斯本签署协议,由前者收购后者持有的葡萄牙水务公司下设的两家全资子公司全部股权,这就扩大了北控水务公司在欧洲业务的势力范围。

中国早就建立起与葡语国家巴西的贸易联系,已是巴西最大的贸易伙伴,现在又大量投资葡萄牙,这将有利于进一步提升中国在葡语国家的影响力。

在这些经济活动中,有着中国湖北因素。除了三峡总公司与湖北有很深的血脉关系外,更有意思的是,为此次三峡总公司收购葡电股份提供贷款的银行,是国家开发银行的湖北分行。湖北分行的葡萄牙工作组,为这项"走出去"的行动,承担了粮草官的责任。

在葡萄牙考察的中国湖北人大代表团

流浪者和乞讨者

在著名的里斯本步行街,我见到一位盲人乞讨者,他静静地站在路当中,端着手中的纸杯,希望路人施舍一点小钱。

葡萄牙虽地处欧洲,但因远离中心,靠近大西洋,边缘化严重,所以未能赶上与西欧经济发达的国家同步发展。20 世纪中期的葡萄牙,仅有一半的家庭有自来水,仅有 30% 的家庭有电。20 世纪 70 年代,葡萄牙仍是一个较为落后的国家。到 1986 年加入欧共体后,才开始加速发展,但与西欧发达国家相比,葡萄牙的经济发展水平仍落后许多,国际上习惯称之为"西欧的乡村"。

不仅如此,葡萄牙国内地区发展不平衡状态非常严重。大里斯本区的 GDP 平均值相当于欧盟的 90% 以上,中部地区的 GDP 差不多只是欧盟水平的一半。自加入欧共体后,越是发达的地区,就越是接近欧盟平均水平,较落后地区的差距就更大了。

里斯本和其他大城市周围本来都有棚户区,那儿主要是临时搭成的木板房。房顶上横七竖八地架着各种电线,地面也坑坑洼洼的,周围五颜六色的晾衣绳将一个狭小空间挤得满满当当的。这里的居住者主要是长期无正式职业的人,或者是从非洲葡语国家移民而来的黑人。

欧洲一体化一方面给葡萄牙带来了巨大好处和长远的国家利益,但是另一方面,葡萄牙为此也付出了沉重的代价。欧盟为经济趋同定下了严格的标准,葡萄牙的困难主要在控制通货膨胀率和财政赤字方面。为达到标准以顺利加入欧元体系,葡萄牙进行了大刀阔斧的改革——控制货币发行量、减少公共开支、降低工资增长幅度、加速国有企业私有化等等,最后终于达到欧盟标准。

然而,这是以经济萎缩为代价换来的。受政府政策和外来物美价廉产品的影响,大量中小企业倒闭。经济衰退又导致人们大量失业,赋税和子女教育开支因公共投入减少也上涨了。

2011年，受欧债危机的影响，葡萄牙的经济迅速陷入低谷。政府实施了严格的财政紧缩和结构性改革政策，刷新了失业记录，又大幅度削减了医疗保健、教育和社保等公共福利开支，还增加了税收，导致学潮、工潮等群众性抗议活动频发，街上的流浪者和乞讨者也有所增加。危机前，一个叫马克罗的葡萄牙商人还能负担一家餐馆和12名员工的工资，而到2012年他只能负担8名员工的工资，每天的收入不仅减少一半，还要为用电和煤气支付比以前高17%的税费。

葡萄牙的乞讨者一般都很安静，没见过强要强索的。还有一些乞讨者，把乞讨作为一种生活方式，例如，脱光上身，把自己化装成受难的耶稣，倒在人行道上做痛苦状，这样的乞讨者，可说是宗教的苦行门徒。

国旗下的流浪汉

里斯本盲乞者

热爱阳光和大海

葡萄牙是一个面朝大海的民族，是海洋让她在航海时代迅速崛起，统治一方。所以葡萄牙人对海洋有着强烈的感情，他们热爱阳光和大海。

葡萄牙的节假日很多。有的是宗教性节日，例如葡萄牙人最为看重的圣诞节，既是基督教最盛大的庆典，又是家庭大团圆的日子；再例如复活节往往要放一周公假。有的是生产性节日，这来源于葡萄牙悠久的葡萄栽培和农作物种植历史，例如托盘节。托盘节是一个非常古老的节日，主要是庆祝丰收的喜悦，早在基督教传入之前就已存在。还有的是政治性节日，比如每年6月10日的国庆日。有的是地方性节日，例如杏节、诗节等，还有个别如狂欢节和燃带节等。

葡萄牙国内每年的公共假期共14个。然而，自2013年开始，葡萄牙政府为顺利实施财政紧缩政策，分别暂停了两个宗教性假期；同时，国内公共假期的数量也暂时减到10个。

上述节日基本上都会有假期或者是主题活动，不仅如此，在七八月份，不少出口企业也会变得清闲，因为他们的欧洲客户大多数去休假了。对包括葡萄牙在内的整个欧洲的国家而言，夏季的休假是一年中最美好的时光，他们会选择一个休闲度假地然后舒舒服服地待上一段时间。提到休闲，葡萄牙人第一选择多半就是去海滩享受阳光和海风。

葡萄牙的西边和南边都紧邻大西洋，海岸线有800多公里，沿着海岸线分布着大大小小、风景功能各异的200多个浴场。尽管目前臭氧层空洞造成紫外线强烈，但是葡萄牙人还是选择抹上防晒霜，然后尽情亲近阳光。

面朝大西洋的海滩主要有著名的卡斯卡伊斯海滩、利维埃拉海滩等。卡斯卡伊斯海滩紧邻葡萄牙最西点——罗卡角。有名的大间谍詹姆斯·邦德系列小说作者伊恩·弗莱明，以前正是在卡斯卡伊斯海滩工作，这部小说也是弗莱明

阳光下的海滩情侣

中间那个小点是一位站着不动的日光浴者

阳光洒在大西洋断崖上

在此创作的,电影也是在这里拍的。游客到了卡斯卡伊斯海滩,就仿佛进入了电影故事里。

利维埃拉沙滩位于里斯本西部,这里有很多豪华的私人别墅,是有名的贵族海滩。加雷海滩和魁因克海滩在辛特拉—卡斯卡伊斯自然公园里,这片沙滩暴露在强风中,且海浪剧烈,很适合冲浪,每年8月,这里都会举行世界帆板联赛。想要观看奇形怪石可以到葡萄牙南部的拉古什佩达德角处,那里散落着许多千奇百怪的巨岩,被称为"怪石滩"。

葡萄牙人很悠闲,他们在沙滩上沐浴阳光,享受大海赐予他们的轻松与惬意。他们很乐意外国人欣赏自己,我向一对青年情侣打招呼,他们非常高兴地摆了一个POSE,让我们拍下他们的幸福神态。

大教堂和街头小神龛

葡萄牙是欧洲小国,却是一个老牌天主教国家。早在589年,托莱多第三次宗教会议就确定天主教为葡萄牙国教。葡萄牙全国有95%以上的人口是天主教徒。天主教在这里根深蒂固,早在古罗马对伊比利亚半岛进行统治时,就把基督教连同其教会组织结构一起带入了葡萄牙。而后虽几经诸如阿拉伯国家等的入侵以及伊斯兰教的传入,却始终没有改变天主教在葡萄牙的地位。国际性保守天主教组织"法蒂玛圣母蓝军"就将总部设在葡萄牙的法蒂玛。

毕竟全国有绝大多数人都信仰天主教,到教堂做礼拜是人们生活中不可或缺的内容。所以在葡萄牙见得比较多的也最醒目的往往都是教堂,甚至在小路口、小街道或者偏远贫穷的小山村,也常常会有天主教神龛。教堂不仅是葡萄牙传统文化的重要组成部分,也不仅是葡萄牙人民族信仰的汇聚地,还是葡萄牙现代旅游文化的重要发展动力。

建筑是人类文明的纪念碑,它体现了每个时代的物质基础,更凝结着无数

历史悠久的里斯本大教堂

天才艺术家的智慧,有丰富的内涵。教堂,它们或独具特色或历史悠久或传奇迷人,人文价值和建筑价值兼备。多次被异族统治,受各种文化传入影响,葡萄牙教堂的建筑对哥特文化、罗马文化和伊斯兰文化兼容并蓄,气势恢弘。

　　葡萄牙教堂呈现出异彩纷呈的建筑风格,包括罗马式、哥特式、曼努埃尔式和巴洛克式等等。埃武拉市的人骨教堂是哥特式、曼努埃尔式和巴洛克式风格的完美结合,巴塔利亚大教堂是古典哥特式建筑群。

结识大西洋之子：葡萄牙

最著名的热罗尼姆斯大教堂就是典型的曼努埃尔式建筑。它坐落在首都里斯本，在16世纪建立，至今已经历500年的风雨，属于世界文化遗产。从整体来看，教堂是一个横短竖长的拉丁十字形，外部全部用白色花岗岩砌成，教堂顶上雕刻着热带棕榈树，一块石刻上雕刻了很多其他种族人的面孔。曼努埃尔式的特点主要体现在其雕刻素材上，它主要包括三种：第一，绳索、帆船、海洋中的动植物等与海洋有关的物体或者从热带带回的物品，以此表现航海的艰辛与危险；第二，浑天仪，这种航海导航仪器体现了葡萄牙人在航海时代的成熟技术及取得的成就；第三，盾牌和十字架，盾牌象征着葡萄牙的悠久历史，到现在为止，葡萄牙货币还被称为"葡盾"。在这座教堂中长眠着国王曼努埃尔一世、诗人卡蒙斯、著名航海家达伽马等伟人。

这些恢弘雄伟的教堂就静静地伫立，等待来自全世界的游客的欣赏。

里斯本公园里的小神龛

随处可见的宗教雕塑

IV

巴黎 Paris

感受欧洲门户：巴黎

四通八达的巴黎机场

巴黎是通往西班牙、葡萄牙和希腊的门户,可称为"南欧之钥",更可称"欧洲门户",人们往来南欧各国,一般都要经过这里。

拿破仑曾经说过:"我不仅要把巴黎建设成世界上最美的城市,而且是有史以来最美的城市。"历经百年风霜雨雪的巴黎,如今确实跻身于世界最美城市之列,以它特有的姿态吸引着世界各国的人汇聚于此,感受它非凡的魅力。

巴黎从纬度上看与我国齐齐哈尔处于同一纬度,但从经度上看则接近零度经线。在优越的地理位置和城市影响力的作用下,巴黎成为全球最繁忙的航空枢纽之一,是世界第七大航空港,千千万万的乘客从这里乘坐班机飞向全球各个角落。

我们中途转机的机场是巴黎最大的机场——夏尔·戴高乐机场。它是以法国第五共和国第一任总统夏尔·戴高乐的名字命名的,始建于1964年,1974年投入使用。戴高乐机场位于巴黎北部,备有两个日常航班服务的候机楼和一个政府航班的候机楼,是欧洲的第二大中转平台。

初到戴高乐机场,我们就被它简约朴实的候机厅入口所吸引,它不同于中国候机厅入口的大气,而是利用中性的色彩,显得既庄重又洁净。航站楼的设计独具匠心,室内是一个环形的空间,进港和出港的旅客都从外侧向内侧再返回到外围,每一个流程都有上下层的变化,通过人行自动步道或者交叉步道穿梭于其中,每一个人仿佛是一个个卫星在既定的轨道上移动,非常有趣。

机场天棚的设计非常具有空间感,利用清水混凝土板搭建的天棚使得机场采光充足,起到了节省能源的作用,更加强了大厅宽敞气派的现代氛围。

由于候机时间很长,我们来到地下一层的商业中心参观。现在的戴高乐机场的商业中心被设计成一个非常人性化的场所,美食店、书店、商店一应俱全。

戴高乐机场宏大内景

这里环境优雅又不失人气，已然成为了一个"联合国"，你可以看到各种肤色的人会聚于此，蔚为壮观。

与戴高乐机场交相呼应的是奥利机场，它位于巴黎南部。在戴高乐机场建成之前，它是巴黎最重要的机场，曾一度有着重要的军事用途，现在成为了法国第二大机场。相比于戴高乐机场，奥利机场则略小一些，有奥利南站和奥利西站两个候机航站楼，这两个航站楼之间有短途车运送旅客。奥利南站主要是用于国际航班和政要航班，西站则是以国内航班为主。

有人说，巴黎最好的地方之一在机场，这话说得一点也没错。巴黎作为重要的航空枢纽，两大机场迎来送往了各国旅客。戴高乐机场和奥利机场设计独特，有着浓郁的文化氛围，把整个巴黎的精华浓缩于此，成为了展示巴黎风貌最好的窗口之一。

戴高乐机场的服务具有国际一流水准，特别是各种标识非常醒目，不会让人感到找不着北。航班的准点率也很高，看不见因为误点而焦急地跑来跑去的旅客。这个机场的运力为每年发送 8000 万人次，而法国人口也只有 6500 万，如果组织能力不强，那不知会乱成什么样。

戴高乐机场咖啡厅是个小联合国

机场运量虽大但交通秩序井然

武汉至巴黎的空中之桥

武汉至巴黎，有一座空中桥梁。

我们乘坐的航班是从武汉天河机场直飞巴黎戴高乐机场。这条航线由法国航空公司在2012年4月开辟，是我国中部地区第一条直通欧洲的洲际航线。开通以来，航线吸引了湖北和周边各省旅客前来乘坐，为两地人民的交流和沟通作出了巨大的贡献，可以说武汉至巴黎的直飞航线是一座快捷之桥、友谊之桥。

2012年4月12日，由法航直飞武汉的AF132航班降落在武汉天河机场，标志着武汉至巴黎的直飞航线正式运营。为了迎接远道而来的客人，天河机场举办了传统的欢迎仪式，用消防车喷出"水门"的形状，为其"接风洗尘"。航班的空姐和机师还骑着自行车在武汉大学看樱花，一时传为佳话。从这一天开始，这趟航班迎来送往了众多中法旅客，为两国人民交流提供了便利。

我们在航班上随处可以感受到"中国味道"，让我们倍感亲切。在饮食上，法航提供了许多中式餐点供旅客选择。在服务上，航班播音是中法双语播音，航班上也有中国的乘务人员，和金发碧眼的法国空乘一同为乘客服务，这也是一种亲和力的体现。值得一提的是，航班上配备了"空中翻译"，"空中翻译"不同于普通的空乘，他们不仅穿着不同，在航班上也有固定的座位。他们的主要任务是为旅客提供翻译服务和转机信息，特别是介绍巴黎的食宿交通情况，指导旅客更好地观光，可以说他们就是空中的"巴黎通"。

我们认识了一位姓陈的"空中翻译"小姐，她很年轻，已经在港龙和法航两个航空公司有了工作经验。虽然很累，但她想趁年轻多跑些地方，增加人生阅历，所以很享受这份工作。在武汉休息时，她也会跑去武大，找闺蜜聊天。而在巴黎轮休时，她会去一些具有文化特色的地方观光，或者在遍布巴黎的小咖啡馆中找一个位置，以法国人的方式轻轻地絮语或发呆。

武汉和法国，看似两个遥不可及的地方，却有着千丝万缕的联系。早在1868年武汉开埠之时，法国就在汉口建立了领事馆，从此武汉和法国便在政治、经济、文化上紧密相连。武汉在20世纪60年代成为中法两国合作交流的基地城市，并于1998年与法国波尔多市结为友好城市。最为重要的政治联系应是法国政府在1998年设立法国驻武汉总领事馆，这是新中国成立以来在武汉建立的第一家领事馆。法国领事在武汉很浪漫，有时会邀请各界人士去他家听小型音乐会，在法国国庆日的时候，他还会到东湖天下这样的居民区里去开PARTY，这些举措为中法两国经济和文化的交流奠定了坚实的民间基础。在经济上，法国企业源源不断地在武汉进行投资，从早期的法国普拉西特食品公司，到如今的神龙汽车、家乐福、兴业银行等大型企业，从早期的第二产业为主，到现在第二、第三产业同步投资，武汉的经济发展离不开法国企业的帮助和支持，法国企业也为两国经济的发展增添了巨大的动力。随着政治、经济的发展和交通的日益完善，两国之间的文化交流也日益丰富，"中法文化之春"艺术节、法国电影展、武汉法国戏剧节，这些文化活动为武汉市民了解法国提供了很好的平台。光谷的法国风情步行街和沌口金色港湾内的法国风情街，让武汉人不出本市就能体会到法国的浪漫与优雅。这些密切的政治、经济、文化交流在全国的其他地方是非常少见的。

　　武汉与法国虽远隔万水千山，但也阻挡不了两地人民源远流长的情谊。在"空中之桥"的连接下，两地人民会更加珍视这份友谊，为促进中法友谊贡献自己的力量。

法航飞机上的译员专座

法航飞机上的中国雇员

"买巴黎"——法国的英文广告

法国是个文化大国,对自己的语言有至高无上的自豪感。一般来讲,在凡是能用法语的地方绝不会用英语。但是,在巨大的商机面前,法国人还是聪明地把世界第一通用语——英语,作为推销神器。

戴高乐机场每年运送数千万人次的旅客,是个极佳的商品推销天堂,法国人在这里依靠巧妙的语言艺术激发人们的购买欲望,随处可见各种新奇的广告标语来告诉人们在巴黎可以买到一切。更绝的是,法国人用英语做的统一的标识性广告"BUY PARIS(买巴黎)",遍布大大小小店铺最显眼的门头上,使哪怕只是略懂英文的人也能体会到其意义。看到这个英文广告,仿佛可以把整个巴黎买回家。事实上,在这里的确能买到各种巴黎特色商品,一应俱全。一处红底白字的"I shop therefore I am(我买故我在)"广告标语更是激发了人们在巴黎购物的热潮。

巴黎被誉为欧洲的"购物之都",每年的一月份以及六月底至七月初是巴黎商品的打折季,商店门口"ENSOLDE(减价)"的字样吸引欧洲乃至世界各地的人驻足并走进商店一探究竟。

为了吸引顾客的注意,法国人推销产品的方式也是千奇百怪,各具特色。在没有电视广告之前,法国人通过行为艺术的方式推销商品,商家雇用一些人,在他们身上前后夹着两块广告板游走在街头宣传自己的店铺和商品,这被称为"广告三明治"。这种行为艺术在如今的法国并不多见,但是一旦出现便会成为一道亮丽的风景,这种精明独特的宣传方式也经常收到很好的效果。

法国人推销商品更加注重商品理念的传播。寻常的葡萄酒与高贵、优雅毫无关系,可是法国人却巧妙地把两者联系在一起,把品尝葡萄酒作为浪漫优雅生活的标志,让人们获得一种心理优越感,促进葡萄酒的销量。可见法国人在

推销产品上的精明之处。

全世界的大都市都在塑造"购物之都"的形象，可是谁也无法超越巴黎。在购物环境日趋相似，奢侈品牌遍布全球的今天，巴黎还保留着许多具有个性的特色小店，散落在市中心的各个角落，与豪华奢侈的大商场交相辉映，形成独特的巴黎购物环境。巴黎有很多的市场也是别具一格，无论是19世纪兴起的跳蚤市场，还是白天出现的流动市场，都聚集了很多喜欢讨价还价和收藏宝物的人。

巴黎的唐人街也是重要的购物场所。巴黎市内的唐人街主要有三处：13区以潮州人为主，带有浓厚的东南亚特色；19区主要是来自老挝和柬埔寨的华人；3区和4区以温州人为主，在这里可以看到温州特色的小吃店、皮具和皮包。我曾经在一个浙江人开的皮衣店里问过生意情况，这个以"前店后厂"方式经营皮夹克的店主说，每隔几年巴黎会有一个非常冷的冬天，物美价廉的皮衣会畅销一时，生意就这样在坚守中生存。

法国的商业管理十分规范。先进的电脑技术提供了联网订货系统，政府通过立法对企业、物价和商业网点规划进行管理。这些措施为巴黎提供了良好的购物环境，使得全世界的人享受着购物的乐趣。当然，这其中最重要的莫过于退税政策对消费者巨大的吸引力。非欧盟国游客在一家店铺消费超过175欧元就可享受13%的退税比例，条件是未使用该产品并带出欧盟国家。在免税店里出示护照即可以免税价购物，在普通商店则需要办理简单的手续。

"买巴黎"是法国人做的英文广告

戴高乐机场入口

无论是奢华的商品,还是古典朴素的旧货,你都能在巴黎找到,这就是巴黎的商业魅力,古典与现代并存。当然,法国报纸现在渲染的是在香榭丽舍大街上 LV 旗舰店里那些出手阔绰的中国人。其实,"BUY PARIS"的魅力并不仅仅只在那里,而在无处不存的温馨消费氛围中。

香水包装了法国

我虽然不是第一次到巴黎,但还是免不了要像世界各国来巴黎旅游的人一样,必买上一瓶香水。因为这里是香水之都,不买香水似乎就不算来过巴黎。

走在法国的大街小巷,各种各样的香气隐然可闻。这香气不是花香,而是

人们身上的香水味。香水早已成为法国人生活的一部分,无论男女老少都对香水情有独钟,整个国家都被香水包围。

关于香水起源的话题总使人们乐于去探究,最著名的版本莫过于路易十四为了掩盖体臭才涂抹香水的版本。相传"太阳王"路易十四为了节水,并且相信洗澡会有损健康的传说,因此在1674至1711年间里从未洗过澡。为了掩盖身上的异味,路易十四命令下人为他研制香水,并且让民众也使用香水。由此香水便开始在法国流行,路易十四也因此被称为"香王"。另一个广泛流传的版本则相对平淡一些。1533年,教皇侄女凯瑟琳嫁给亨利二世,她带来了意大利的文化和生活方式。当时香水在意大利已经开始流行,凯瑟琳把自己专职的香水师带到法国,并开办了第一家香水公司,她也因此成了法国香水文化的创始人。无论是让人惊异的路易十四的传说版本还是凯瑟琳的传说版本,都由于年代久远无法证实其真实性,不过还是被广泛流传。

对于现代的法国人来说,香水不仅仅是为了掩盖自己身上的体味,更是展现自己优雅的必要手段,以此来提高吸引力。90%的法国女性会涂抹香水,她们最爱香奈儿5号。香奈儿5号以高贵优雅的姿态深入人心,直到现在依然是全世界销量最好的香水。50%以上的男士也会涂抹香水,他们偏爱迪奥的"野水",它有着古龙水的香气,给人一种优雅但不失男性狂野的感觉。法国人的日常生活中离不开香水,在重大的活动中更是广泛运用,将自己的香水文化推向全世界。每年巴黎时装周的服装展示会上,服装设计师们都会把香水和服装表演有机结合,在模特身上涂抹和服装相配的香水,整个发布会不仅成为了一次视觉盛宴,更是一次嗅觉盛宴。

格拉斯是法国著名的"香水之都"。它位于地中海沿岸的山麓上,地中海的季风、阿尔卑斯的地下水和充足的阳光汇聚于此,优越的地理环境使格拉斯成为了花的海洋。制作香水需要大量的鲜花,每1000克的鲜花香精需要几百万朵鲜花献身。各种品种的花都能在这里生长,格拉斯每年采集的花多达700万公斤,这为制作香水提供了充足的原料。

法国香水不仅仅是一种技术产品,更是一种文化产品。被香水包装的法国借此来传递自己高贵、优雅、浪漫的国家形象,让全世界的人们为之痴迷。

法国香水专柜到处可见

花都充满浪漫之意

一提到法国,人们的脑海里首先闪过的词就是"浪漫"。朝阳下的塞纳河、夜幕下的埃菲尔铁塔、巴黎圣母院的钟声、香榭丽舍大街的咖啡屋,这许许多多美好的画面构成了法国浪漫的氛围。

法国的浪漫和它的历史文化发展密不可分。法国是一个崇尚自由的国家,平等自由的观念在法国人的心中留下了深深的烙印。《人权宣言》中也明确宣布,自由、平等、财产和安全是天赋的神圣不可侵犯的人权。经过文学上浪漫主义的洗礼和文艺复兴运动的发展,法国产生了许多带有浪漫主义色彩的文学作品、雕塑、绘画和建筑。小仲马的《茶花女》、沙摩特拉的胜利女神像、《蒙娜丽

莎的微笑》，这些都是人类文明的瑰宝。这些具有浪漫主义色彩的作品伴随着一代代法国人成长，在艺术的熏陶下他们自由、随性、热情、奔放，带着浪漫的气息。

法国人的浪漫体现在生活的各个方面。见面和分别时的贴面礼无形中拉近了朋友之间的距离；城市中五颜六色的鲜花让人眼花缭乱；店面布置讲究色彩搭配，走进其中就会有种温馨高雅之感；热恋中的情侣相依相偎，传递着浓浓的爱意。这些细小的生活片段都是法国浪漫氛围的缩影，法国的浪漫不是矫揉造作的浪漫，而是渗透到他们生活的一点一滴之中。它是一种高贵，一种优雅，一种法兰西民族特有的人格魅力。

在机场里我看到两个累极相依的青年男女，在长椅上打盹，那神情非常自然，在疲倦中透露出的眷恋，让他们看起来更多一分温情。这一幅照片是在不打扰他们的情况下拍摄下来的，我想，他们醒来会为自己梦中的依偎而露出微笑。

法国的青年通常不太关心政治，而是更加关注自己周围的人和事。他们随性、自由，并不认为工作是人生的唯一，而是更加注重享受生活，关注生活质量的提高，特别是关心自己的亲情、友情、爱情。他们是"文艺青年"，喜欢拍电影以及购买或制作唱片，为此不惜花费大量的金钱。他们也喜欢旅行，经常自发组织野外郊游，徜徉在田园山水之间，更有甚者远游海外。无论他们是富有青年还是工薪阶层，都会选择背起行囊，去看看外面的世界，享受自己的青春。他们举止优雅、穿着时尚、热爱生活，沿袭着代代相传的浪漫主义情怀。

中国原驻法国大使蔡方伯先生是湖北人，他是副部长级的外交官，也是我国有名的"法国通"。蔡方伯大使对法国人的浪漫有着最直接的体验。他有一次邀请希拉克总统来使馆品尝中国菜，一般来讲总统从礼仪规格的角度来说是不会轻易答应的。但是，希拉克喜欢中华文化，希望能向当时的江泽民主席请得一幅字画。满足了他的这一愿望之后，蔡大使告诉希拉克："字画我给您带来了，但要请您来我的官邸吃饭。"希拉克当时就爽快地同意了，把什么礼仪规格之类的东西全放到了一边。

法国的浪漫，中国的朴实，都在人民的普通生活中生成和延续，在相互交流中传之久远……

机场里累极相倚的情侣

后记

  2013年9月,我随湖北省人大教科文卫委员会代表团出访欧洲,同行的有朱忠华先生、彭小海先生、袁军先生、胡祖斌先生、彭凌女士,行程中得到了各位的合作与关照,留下了十分愉快的记忆。本书在写作过程以及此前在筹办反映这次访问的专题摄影展中,华中师大新闻传播学院研究生陈士名、廖冬妮、李鸿、雷珺、高文举、宋健、廖汉强协助我做了大量的资料查找收集工作。对以上各位的帮助,一并表示衷心的感谢。

江作苏

2013年11月